THE QUEEN OF CRIME
繁體中文版
20週年
紀念珍藏

底牌

著——阿嘉莎·克莉絲蒂

譯——沙輝

Cards on the Table

Agatha Christie®

通俗是一種功力

吳念真（導演、作家）

通俗是一種功力。絕對自覺的通俗更是一種絕對的功力。

這樣的話從我這種俗氣的人的嘴巴說出來，大概很多人要笑破褲底了。不過，笑完之後請容我稍稍申訴。這申訴說得或許會比較長一點，以及，通俗一點。

小時候身材很爛，各種遊戲競爭完全任人宰割，唯一隱遁逃避的方法是躲起來看書或聽大人瞎掰。那年頭窮鄉僻壤的小孩能看的書不多，小學二年級時最喜歡的是超大本的《文壇》，老師借的。看著看著，某天老師發現我的造句竟出現：「捧著：朝陽捧著一臉笑顏為群山剪綵」這樣亂七八糟的文字，就拒絕再讓我看那些超齡的東西了。

老師的書不給看，我開始抓大人的書看。一種是厚得跟磚塊一樣的日文書，對我來說那完全是天書，但插圖好看，經常有限制級的素描。另一種書是比較薄的，通常藏得很嚴密，只是裡面有太多專有名詞、重複的單字和毫無限制的標點，比如「啊啊啊」、「……！！！」

老讓我百思不解。有一天，充滿求知欲地詢問大人竟然換來一巴掌後，那種閱讀的機會和樂趣也隨著消失了。

所幸這些閱讀的失落感，很快從大人的龍門陣中重新得到養分。講到這裡，我似乎先得跟一個村中長輩游條春先生致敬，並願他在天之靈安息。

我所成長的礦區，幾乎全是為著黃金而從四面八方擁至的冒險型人物，每人幾乎都有一段異於常人的傳奇故事。這些故事當事人說來未必精采，但一透過游條春先生的嘴巴重現，有時連當事人都聽得忘我，甚至涕泗縱橫，彷彿聽的是別人的故事。

條春伯沒當過日本兵，可是他可以綜合一堆台籍日本兵的遭遇，一如連續劇般從入伍、受訓、逃亡荒島，面對同鄉同袍的死亡，並取下他們的骨骸寄望帶回故鄉，乃至骨骸過多搞不清哪是誰的等等，讓聽的人完全隨他的敘述或悲或笑，彷彿跟他一起打了一場太平洋戰爭。此外他也可以把新聞事件說得讓一個三、四年級的小孩，到現在仍記得當時腦中被觸動的畫面。例如當年瑠公圳分屍案的兇手做案之後帶著小孩到安東街吃麵（這讓我一直以為台北的安東街是條專門賣麵的街道），還有甘迺迪總統被暗殺、賈桂琳抱住她先生、安全人員跳上飛快的車子保護賈桂琳……當然，這記憶全來自條春伯的嘴巴而不是報紙。我的記憶全是畫面，有畫面，是因為條春伯說得精采，說得有如親臨他至死都還搞不清地理位置的達拉斯命案現場。

於是這小孩長大後無條件地相信：通俗是一種功力，絕對自覺的通俗更是一種絕對的功力。透過那樣自覺的通俗傳播，即使連大字都不識一個的人，都能得到和高階閱讀者一樣的感動、快樂、共鳴，和所謂的知識、文化自然順暢的接軌。也許就是因為這些活生生的例子，俗氣的自己始終相信：講理念容易講故事難，講人人皆懂、皆能入迷的故事更難，而能隨時把這樣的故事講個不停的人，絕對值得立碑立傳。

條春伯嚴格地說是有自覺的轉述者，至於創作者，我的心目中有兩個。一個是日本導演山田洋次，一個是推理小說家阿嘉莎·克莉絲蒂。

山田洋次創造了寅次郎這個集合所有男人優點跟缺點的角色，在以《男人真命苦》為名的系列下，總共完成百部左右的電影。它們的敘述風格、開頭、結尾的方法不變，唯一改變的是故事，是時代，是遍歷日本小鄉小鎮的場景。數十年來，看《男人真命苦》幾已成為日本人每年的一種儀式，一如新春的神社參拜。

數十年前訪問過山田導演，他說，當他發現電影已然有它被期待的性格時，電影已經不是導演自己的。他說：當所有人都感動於美人魚的歌聲時，你願意為了讓她擁有跟你一樣的腳，而讓她失去人間少有的嗓音嗎？

人間少有的嗓音與動人的歌聲，都來自山田導演絕對自覺的通俗創造。

再如阿嘉莎·克莉絲蒂，如果我們光拿出她說過的故事和聽過她故事的人口數字，就足以嚇死你。五十多年的寫作生涯，她總共寫出六十六本長篇推理小說，外加一百多篇短篇小說和劇本。其中有二十六本推理小說被改編，拍了四十多部電影和電視劇集。作品被翻譯成一百零三種文字的版本，銷量超過二十億本。

夠了。你還想知道什麼？知道二十億本的意義是什麼嗎？二十億本的意義是全世界平均三個人就有一個人讀過她的書，聽過她說的故事。

說來巧合，她和山田洋次一樣，創造出個性鮮明的固定主角（當然，前前後後她弄出來好幾個），然後由他（或是她）帶引我們走進一個犯罪現場，追尋真正的罪犯。

故事就這樣？沒錯，應該說這是通常的架構。那你要我看什麼？不急，真的不急，克莉絲蒂會慢慢冒出一堆足夠讓你疑惑、驚嚇、意外，甚至滿足你的想像力、考驗你的耐心和智商的事件來。

推理小說不都是這樣嗎？你說得沒錯，大部分是這樣，不一樣的是……對了，她像條春伯，像山田洋次，她真會說，而且她用文字說。

文字的敘述可以讓全世界幾代的人「聽」得過癮、「聽」個不停，除了聖經，也許就是克莉絲蒂。她不是神，但她真的夠神。

數十年前，台灣剛剛出現她的推理系列中譯本，那時是我結婚前，常有同齡的文藝青年來我租住的地方借宿，瞄到我在看克莉絲蒂，表情詭異地說：「啊？你在看三毛促銷的這個喔？」

我只記得他抓了一本進廁所，清晨四點多，他敲開我的房門說：「幹，我實在很討厭那個白羅……再拿一本來看看，我跟你說真的，要不是你的書，我真的很想把那個矮儸壓到馬桶吃屎！」

我知道他毀了，愛吃又假客氣，撐著尊嚴騙自己。克莉絲蒂再度優雅地撕破一個高貴的知識份子的假面具，她的手法簡單，那手法叫通俗，絕對自覺的通俗，無以倫比、無法招架的功力。

昔日的文藝青年如今跟我一樣，已然老去，但不時還會看到他寫一些充滿理念和使命感極重的文章，在報紙和雜誌上出現。我知道他要說什麼，只是常常疑惑他想跟誰說；同樣，我記得他說過什麼，但轉眼間忘記他說了什麼。但請原諒我，幾十年前那個晚上，他在我家看完的那兩本克莉絲蒂的小說內容，我可還記得清清楚楚。

也許有一天再遇到他的時候，我會問他之後是否還看過克莉絲蒂其他的書，如果沒有，我會跟他說，想讀要趁早，因為你會老、會來不及。至於白羅那個矮儸，大概永遠不會消失。哦，對了，還有一個叫瑪波，你說不定會來不及認識……

老派偵探之必要

冬陽（推理評論人，台灣推理作家協會理事長）

「讀者非常喜歡白羅這個人物，表示『那個開朗的小個子，過氣的比利時名偵探』。顯然白羅是這本小說受歡迎的一個原因，雖然白羅可能不贊同用『過氣』二字來形容他。」知名編輯兼作家經紀人約翰・柯倫（John Curran）在《阿嘉莎・克莉絲蒂的秘密筆記》一書如是說，文中提到的「這本小說」，正是克莉絲蒂初試啼聲、名偵探赫丘勒・白羅優雅登場的《史岱爾莊謀殺案》，一部於一個世紀前出版的偵探推理作品。

百年光陰的淬鍊顯然證明了白羅絕無過氣的疲態，連帶讓我聯想起電影《金牌特務》（*Kingsman*）上映後，大眾熱議西裝如何能帥氣俊挺歷久不衰——或許可以從這個切入角度，在這裡跟老書迷、新讀友探究這個蛋頭翹鬍子偵探（我沒有影射哪款洋芋片食品喔）的魅力所在。

且讓我們話說從頭。

「我敢打賭你寫不出好的推理小說。」一九一六年，阿嘉莎・米勒（克莉絲蒂婚前的舊姓）在媽媽的打字機上敲擊，打算回應姊姊梅姬這挑釁的話語。她努力嘗試，但故事寫得不好，於是改從身旁熟悉的事物著手——比方說毒藥。阿嘉莎在藥房工作過，曾在某個夜裡驚醒，匆匆回到調劑室重新配置，因為她不記得有沒有漏做一個重要步驟，否則病患就要去見閻王了——噢，這似乎是個謀殺好點子。

阿嘉莎還記得姨婆對她的叮嚀：要注意他人覬覦她珍藏的首飾，時時留意是不是有人偷偷拉長了耳朵聽她們的竊竊私語。小阿嘉莎不但執行得徹底，還把這個習慣寫進小說裡。同時她還注意到，因為世界大戰爆發，家鄉托基湧入許多比利時難民，不如讓一個逃難到英國的比利時退休警官擔任偵探？一定很有趣！

啊，偵探小說顧名思義，只要塑造出一個教人印象深刻的偵探，大概就成功一半。這個人物必須要有特色、有個性，甚至是怪癖，而且聰明又自負。好幾個名字浮現在她腦海裡：莫里斯・盧布朗（Maurice Leblanc）筆下的怪盜紳士亞森・羅蘋、卡斯頓・勒胡（Gaston Leroux）創造的新聞記者胡爾達必，當然還有那最最知名的夏洛克・福爾摩斯——連帶創造一個華生型的助手好了。該怎麼安排呢……

於是，一位偵探的樣貌漸漸成形：五呎四吋的小個兒，蛋型臉上蓄著保養得宜、梳理有型的鬍子，衣著一塵不染，漆皮鞋擦得錚亮。他有嚴重的潔癖，說話不時夾雜法語，喜歡成雙成對的東西，喜歡方的不喜歡圓的（雞蛋為什麼不是方的呢？），口頭禪是「動動灰色的腦細胞」。阿嘉莎心想，他應該要有個像福爾摩斯一樣響亮的名字，取名「赫丘勒斯」怎麼樣？希臘神話中的大力士。姓氏叫白羅，不過搭赫丘勒斯這個名字好像不配……改一下，赫丘勒．白羅好像不錯？就這麼定了吧！

白羅很聰明，懂得觀察入微沒錯，但這並不表示他就得是台獨尊腦袋、缺乏情感的冰冷思考機器，尤其要在人物關係錯綜複雜的莊園宅邸查案追凶，交際手腕得高明些才行。他不是在謀殺發生、屍體出現後才開始像頭獵犬四處嗅聞，而是憑藉旺盛的好奇心與強烈的同理心接觸各種人事物，進而探入被害者、犯罪者、各個看似無辜但多少都和事件沾上邊的關係者的心靈深處，佐以現今稱作鑑識、法醫等等科學鐵證（哎，證據人人知道，可是要怎麼跟真相合理地連結到一塊，這就是名偵探的功力啦），讓原本叫人束手無策的事件得以畫下完美句點。也因此，白羅偶爾能預測進而制止罪案的發生，甚至對殘酷但值得憐憫的罪行網開一面，這樣才合乎人性不是嗎？

婚後以阿嘉莎．克莉絲蒂為名，推出《史岱爾莊謀殺案》後深獲好評，相隔六年的《羅傑艾克洛命案》更是引發街談巷議，而克莉絲蒂全球暢銷前十大作品中，還包括《東方快車謀殺案》、《尼羅河謀殺案》、《ABC謀殺案》、《藍色列車之謎》、《底牌》、《五隻小豬之歌》，合計八部皆由白羅擔綱演出。讀者不只喜愛這個聰明角色，還臣服於平實流暢的文筆及相對顯得衝突的複雜劇情，冷酷的謀殺動機隱藏在細膩的人際關係裡，穿透看似單純、帶點童話氣息的表象後，端賴名偵探明察秋毫、撥亂反正。尤其讓一個比利時人在英國土地上辦案，是克莉絲蒂的小心思，因為「英國人總是不信任外國人，也不相信睿智」（語出英國偵探俱樂部主席馬丁・愛德華茲〔Martin Edwards〕），讀者同凶手一樣輕忽不設防，卻也得到了參與鬥智競賽的意外驚奇和美好滿足。

這樣的閱讀感受，我稱之為「老派偵探之必要」，因為它純粹簡約，經得起反覆咀嚼，猶如前述的西裝革履，在潮流更迭的時間長河裡維持恆久的優雅風範——呼應吳念真先生寫在「策畫者的話」中的一段文字，那不是惺惺作態的高傲睥睨，而是「絕對自覺的通俗，無以倫比、無法招架的功力」所致。

不信？往下讀去就知道。而且我敢打賭，你有很高的比例會將整個白羅系列嗑完，然後是瑪波小姐系列以及其他系列，當然也不可能錯過像名列暢銷首位的《一個都不留》這類獨立之作……

註　克莉絲蒂推理全集一至三十八冊為「神探白羅系列」，三十九至五十二冊為「神探瑪波系列」，五十三至八十冊包含鬼豔先生、湯米與陶品絲、雷斯上校、巴鬥主任等名探故事。

獻詞

阿嘉莎．克莉絲蒂是世界讀者最眾，也最廣受喜愛的女作家。
身為克莉絲蒂的孫兒，我相信奶奶會非常樂見這次出版，
因為她極以自己作品中的趣味與娛樂為豪。
歡迎所有喜歡本系列的台灣新讀者參與這場饗宴！

——馬修．培察（Mathew Prichard）

01 謝塔納先生

「親愛的白羅先生！」

聲音是軟沉的顫音，發聲講究猶如樂器一般，既不是心血來潮的衝動，也不像事先預演過。

赫丘勒．白羅轉過身。

他朝說話者微微鞠躬，兩人行禮如儀地握手。

白羅的眼睛裡閃過某種異樣的神情，顯然，與此人的邂逅勾起了他某種少有的情緒。

「親愛的謝塔納先生，你好。」白羅問候道。

接下來，他們無言地注視著對方，就像是兩個就位的決鬥者。

周圍淨是一些衣著考究的倫敦人，悠閒地逛來逛去，輕聲漫語地議論著。

「親愛的，這真是太精緻了。」

「這玩藝兒漂亮極了，不是嗎，親愛的寶貝？」

這兒是西撒克斯宮的鼻菸盒義展會場，門票一基尼[1]，收入捐給倫敦各醫院。

「親愛的老朋友，見到你真讓人高興。」謝塔納先生說，「最近不常送人上斷頭台啦？還是目前是做案淡季？或者今天下午這裡會發生強盜案——這可真是太精采了。」

「謝塔納先生，你誤會了，我和你一樣，到這兒來只是逛逛而已，並無其他的事。」白羅回答道。

謝塔納先生的目光落在一個「可人兒」身上。「可人兒」頭上一邊戴著三個黑草編成的角狀飾物，另一邊則紮著很緊的獅子狗型鬈髮。

謝塔納先生和她打起招呼，他說：「寶貝，那天怎麼沒見你來赴宴？那天可是很棒呢。很多人都和我打招呼，有個女人甚至對我說『你好』、『再見』和『謝謝啦』什麼的。不過當然她是從某個花園城[2]來的。可憐的小東西。」

趁謝塔納和「可人兒」說話的時候，白羅暗暗審視著他的髭鬚。漂亮，確實很漂亮，倫敦城裡恐怕只有這副髭鬚能和他赫丘勒．白羅比美。

「不過不夠華麗，」他暗自思忖，「我敢斷言，各方面都略遜我一等。Tout de même[3]，還算得上是醒目。」

謝塔納先生全身上下每一個部分都很醒目。他的個子又高又瘦，長長的臉孔表情陰鬱，兩道濃眉漆黑突出，唇上的鬍鬚用油蠟定過型，硬邦邦地朝兩邊翹著。下唇的鬍鬚被古裡古怪地修成「皇帝鬚」的樣子；裁剪合體的衣服稱得上是藝術佳作，式樣卻特別古怪。顯然他是在刻意模仿梅菲斯特[4]那種惡魔般的猙獰。

每一個健康的英國男人見到他，都恨不得重重踢上他一腳；提到他時，總是不甚了了地說：「喏，那就是那個該死的南歐佬，謝塔納。」

他們的妻子、女兒、姐妹、母親、甚至祖母，卻各自用不同世代的措辭一致說出：「我知道，親愛的。當然，他是有點讓人不舒服。不過，他倒是很有錢。啊，他辦的那些晚宴是多麼美妙啊！而且，他總是用惡毒有趣的話來議論別人……」

誰也猜不透謝塔納先生到底是來自阿根廷、希臘、葡萄牙，還是哪個偏狹之英國人所鄙視的國家。

但是有三個事實不容置疑：

一、他住在公園路的一所高級住宅裡，日子過得寬裕又體面。

1 基尼為英國舊貨幣。
2 指有計畫地闢有公園和綠地的住宅區。
3 法語，意思是「不過」。
4 梅菲斯特（mephistophelian），歐洲中世紀浮士德傳說中的魔鬼。

二、他經常舉辦大宴小酌和稀奇古怪的聚會，有陰森恐怖的，也有風雅高尚的。

三、雖然說不出個所以然來，但是大家都有點怕他，也許是他對別人的事知道得不少；再就是他的脾性讓人捉摸不透。總之，大家認為對此公最好還是敬而遠之。

看見相貌可笑的小個子赫丘勒．白羅，謝塔納先生心血來潮想拿他開個玩笑。

「如此說來，警察也學會休閒了？」謝塔納揶揄道，「白羅先生，沒想到你臨老倒是研究起藝術來了。」

白羅友善地微笑一下說：「我知道你自己就出借三個鼻菸盒供展覽會展出。」

謝塔納先生有點尷尬地揮了揮手。「人總喜歡到處收集一些小玩意兒。哦，對了，哪天有空你一定要光臨敝舍，我有一些有趣的小玩意兒給你看，我的收藏不限於某一時期或某一類別。」

「看來你的興趣倒很廣泛。」白羅笑容可掬地說。

「正是，我對什麼都感興趣。」

謝塔納先生說著，兩眼一眨，嘴角往兩邊翹起，眉毛誇張地向上一挑。「我甚至可以讓你看些你們那一行的東西，白羅先生。」

「你有一間私人的『黑色博物館』[5]？」

「呸！」謝塔納先生不屑地打了一個響指。「殺人犯布賴頓的茶杯？神偷的做案工具？

噢，太愚蠢太幼稚了！不，我才不會在這些廢物上費神呢。我只對最上乘的精品感興趣。」

「那麼你認為犯罪領域中的精品是什麼呢？當然，是從『藝術』的角度來說囉。」

「人！」謝塔納先生身子往前一傾，將兩根指頭放到白羅肩上，故弄玄虛地說，「那些做案的人，白羅先生。」

赫丘勒・白羅忍不住眉毛輕輕往上一挑。

「啊哈！我讓你吃驚了。」謝塔納先生笑著說，「親愛的朋友，你我是從完全相反的角度來看這件事。對你來說，犯罪事件只是一連串的例行過程——凶殺案、調查、找線索、定罪（因為你無疑是個高手）。但是，這種俗務我才不感興趣！任何劣質的東西我都沒興趣。無法逃脫追捕的凶手，就是平庸之輩，這種人引不起我的胃口。我是從藝術的角度來看這件事，我只蒐集最上乘的東西。」

「最上乘的是……」

「老兄，那些得手後輕輕鬆鬆抽身的人，那些真正的成功者！那些至今仍然有滋有味地過生活，絲毫未曾遭受懷疑的人。你得承認，我的這個嗜好很有意思吧。」

「是嗎？我想的可不是『有意思』……」

5 指蘇格蘭警場據聞收集犯罪實物的展覽室。

謝塔納不理會白羅的話，仍高聲嚷道：「想到了！來個小小的晚宴如何？讓你看看我的收藏品。對，就這樣，真是妙極了。怎麼以前沒想過這一點？好，好，一定可行……不過得需要點時間，下星期恐怕來不及。下下星期怎麼樣？你有空嗎？訂在哪一天好？」

白羅欠欠身子說：「任何一天都可以。」

「那好，就訂在下下星期五，十八號。我現在就把它記在本子上……真的，這主意真讓人興奮。」

「我倒不像你這麼興奮。」白羅慢吞吞地說，「別誤會我不喜歡你的宴會。不，我說的不是這個……」

謝塔納先生打斷他的話：「這件事讓你的中產階級教養受驚了？老兄，你得擺脫這種警察精神的限制才行。」

「對於謀殺，我確實是百分之百的中產階級心態。」

「何必如此固執。」謝塔納說，「當然，謀殺本身是拙劣、愚不可及的殘忍行為。在這一點上我完全贊同你。但它也可以是一門藝術，一個凶手也可以是一位藝術家。」

「這點我承認。」

「那還有什麼呢，白羅先生？」

「但凶手終歸是凶手。」

「親愛的白羅先生，凡事要求止於至善是對的。你執著地追拿凶犯，一心想給他戴上手銬，送進監獄，最後在凌晨時分將他處死。但是，依我看，真正成功的凶手應該獲得一份社會津貼，還應該受邀出席各項活動。」

白羅聳了聳肩。

「其實我對犯罪藝術的感受力並非你以為的那麼貧乏。謝塔納先生，我也欣賞技術精湛的行凶者，如同我欣賞凶猛的老虎，特別是黃褐斑紋的那種。但是我喜歡站在籠子外面欣賞，若非責任在身，我絕不走進虎籠。要知道，老虎會撲上來的……」

謝塔納先生哈哈大笑起來。

「這個我知道。謀殺犯也會撲人？」

「不止，會殺人。」白羅嚴肅地說。

「親愛的朋友，我不得不說你有點緊張過度了。如此說來，你不想來欣賞我收藏的──老虎囉？」

「正好相反，我非常樂意。」

「真勇敢。」

「謝塔納先生，你沒完全理解我的意思，我是想要警告你。剛才你要我承認你蒐集凶手的嗜好很有意思。我說我想到的字眼不是『有意思』，而是『危險』。謝塔納先生，你的嗜好可能會引來殺身之禍！」

謝塔納先生笑了，笑得很邪門。

「十八號晚上你確定會來？」

「當然。」白羅欠欠身子說，「十八號我一定會來。Mille remercîments[6]。」

「我會安排一場小型宴會。」謝塔納思忖著說，「別忘了，八點整。」說完他就走了。

白羅站在原地大約一兩分鐘的時間，注視著他的背影，若有所思地慢慢搖搖頭。

6　法語，意思是「多謝了」。

02 鴻門宴

謝塔納先生家的大門輕輕打開了。頭髮灰白的管家恭敬地站在門邊，讓白羅進屋，然後又輕輕地把門關上。

他動作俐落地為客人脫下外衣和帽子，木然地低聲問道：「請問先生尊姓大名？」

「赫丘勒・白羅。」

管家打開客廳門，高聲通報：「赫丘勒・白羅先生。」客廳裡傳出一陣嗡嗡的低語聲。手裡端著一杯雪利酒的謝塔納先生起身迎接白羅。他的衣著和平時一樣講究，只是今天晚上似乎更添幾分邪韻，兩道眉毛更加誇張地捲曲著。

「讓我介紹一下——你知道奧利薇夫人吧？」

捕捉到白羅臉上轉瞬即逝的驚詫時，愛炫耀的謝塔納先生不免洋洋得意。

阿蕊登・奧利薇夫人是極著名的偵探、言情小說家。她也寫過一些聊天式的（可能形容得不很正確）文章，刊登在《犯罪潮流》、《著名的犯罪故事》、《情殺與財殺》等。這位女作家還是個激進的女權主義者，但凡報上登載出什麼重大的凶殺事件，就一定附有她的訪談內容。據說她曾經感嘆：「蘇格蘭警場要是由女人做主就大不一樣了！」她十分相信女人的直覺。

不過奧利薇夫人倒真是個討人喜歡的中年婦女，她散發出慵懶的氣息，眼睛長得很美，雙肩硬實，頭上有大量灰髮。她不時試著變化各種髮型，有時她把頭髮攏成一個髮髻，看上去完全是知識份子的樣子；有時又心血來潮把它盤成聖母型的環形髮圈，或者是一大團略顯散亂的鬈髮。今天晚上，她竟別出心裁地梳起了瀏海。

她站起身來，愉快地和白羅打招呼。他們曾在某個文學圈內的聚會上見過面。

「巴鬥刑事主任，你當然也認識吧？」介紹完奧利薇夫人，謝塔納先生又向白羅介紹另一人。

巴鬥主任也朝白羅走來。他高高的個子，身材粗獷，加上刻板的面容，巴鬥主任給人一種錯覺，好像他整個人是用木頭雕出來的——甚至連雕刻用的材料，都是剛從戰艦上拆下來的呢。據說巴鬥主任是蘇格蘭警場最具代表性的人物。他看起來總顯得有點遲鈍，甚至有點愚蠢。

「我認識白羅先生，」巴鬥主任說。

他努力擠出一絲笑容，隨即又恢復了先前毫無表情的樣子。

謝塔納先生繼續往下介紹。

「這位是雷斯上校。」他對白羅說。

白羅先生不認識雷斯上校，對他的事卻有所耳聞。五十歲開外的雷斯上校仍是滿頭黑髮，皮膚呈古銅色，看上去不失英俊瀟灑。他常在英國的某個前哨基地露面，特別是當那個地方出現麻煩時。「情報局」對一般人而言只是個浪漫刺激的名詞，但亦準確地道出雷斯上校的職業性質和範圍。

直到現在，白羅都一直在冷眼觀察著每一位來客，揣摩主人的意圖何在。

「另外幾位客人還沒來，」謝塔納先生說，「這都怪我，我想我告訴他們的時間是八點十五分。」

幾乎就在他說話的當兒，大門又打開了。管家的聲音傳進客廳。「羅伯茨醫生到。」

一個看上去有點發胖的男人走進來，這人步伐輕快，就像是還在醫院裡護理病人一樣。和巴門主任相反，羅伯茨醫生是一個面部表情豐富的中年男人，一雙小眼睛眨呀眨地閃著快樂的光芒。他有點肥胖，全身上下散發著消毒藥水的氣味，一望便知是個職業醫生。他的態度自信愉快，叫人覺得他的診斷必然正確，定能有效舒服地治療病人——「恢復期不妨來點香檳什麼的」。好一個社交人才。

「但願我沒遲到。」羅伯茨醫生一邊走進客廳一邊高聲說著。

他和主人握手，主人將他一一介紹給另外幾個客人。能認識巴門主任，他好像特別興奮。

「噢，認識你真榮幸，你是蘇格蘭警場大名鼎鼎的人物，不是嗎？真有趣，打聽你本行的事也許不太應該，但是對此你要有所準備，我向來對刑事案件很感興趣。這和醫生的職業有點相悖，可不能讓我那些神經質的病人知道他們的醫生還有這種興趣——哈哈！」

大門又一次打開了。

「洛里默夫人。」

這是一個衣著考究的老婦人，輪廓分明，聲音清楚響亮，灰色的頭髮梳得整整齊齊，六十多歲了仍不失風韻。

「我沒來遲吧？」她對迎上前來的謝塔納先生說，接著又轉身同羅伯茨醫生打招呼，他們倆從前就認識。

管家又通報道：「德斯派少校到。」

德斯派少校瘦瘦高高的，五官俊秀，遺憾的是，太陽穴有一小塊傷疤。例行的介紹一結束，他自然而然地走到雷斯上校身邊，兩人很快聊起體育運動的話題，並交換在非洲狩獵遠征的經驗。

大門最後一次打開，管家通報道：「安妮・梅雷迪小姐到。」

一位二十出頭的年輕小姐走進屋來，身材中等，樣子很漂亮，灰色的大眼睛離得很開，棕色的頭髮束在頸後，臉上撲過粉，但未著彩妝。她說話慢吞吞的，態度羞澀。

「呵，慘了！看來我是最後一個到的。」

謝塔納先生給她端來一杯雪利酒，說了一句盛讚的恭維話。把梅雷迪小姐介紹給其他人時，他的措辭很正規，簡直有點刻板。

他把她留在白羅身邊。

「我們這位主人還真是拘禮得很。」白羅微笑著對她說。

「是的，我也有同感。」她說，「現在的人大都不太講究這些了，介紹客人時，他們只是簡單地說一句：『我想你都認識他們吧』，就算結束了。」

「不管你是不是真的認識？」

「是的，有時會讓人很尷尬。不過我認為正式介紹又有點令人畏懼。」她猶豫了一下問道：「那位是奧利薇夫人吧？就是那位作家？」

奧利薇夫人正在和羅伯茨醫生說話，女低音的腔調這時拉得很高。

「你哄不了我的，醫生，這是女人的直覺，女人對這些事很在行。」

她忘了自己的髮型，伸手想把頭髮往後攏，卻碰到了額前的瀏海。

「是的，她就是奧利薇夫人。」白羅回答道。

「《書房女屍之謎》的作者？」

「正是她。」

梅雷迪小姐皺皺眉頭又問：「那個木頭臉的男人——謝塔納先生說他是位刑事主任？」

「是的，他是蘇格蘭警場的刑事主任。」

「那你呢？」

「我？」

「其實我早就聽說過你了，白羅先生。『ABC謀殺案』就是你破的。」

「唔，小姐，你這話真讓我難為情了。」

梅雷迪小姐的雙眉皺得更緊，幾乎擠到一塊兒了。

「謝塔納先生……」她剛一開口又頓住了。

「我們不妨說謝塔納先生『心繫犯罪』，」白羅平靜地接過她的話說，「看來是這麼回事。他無疑想聽聽我們的討論，他已經在奧利薇夫人和羅伯茨醫生之間煽起了火苗。你聽，他們正在為查不出來的毒藥爭論不休呢。」

梅雷迪小姐輕輕嘆了口氣說：「真是個怪人！」

「羅伯茨醫生？」

「不，我是說謝塔納先生。」她好像是打了一個冷顫，說道，「我總覺得他有些令人畏懼，你永遠猜不透他又在轉什麼自得其樂的念頭。也許，也許都是些殘酷的事！」

「你是指獵狐之類的事？」

梅雷迪小姐略帶責備地看了白羅一眼說：「我指的是——東方那種神祕莫測的事。」

「這人是有點心術不正。」白羅說。

「愛折磨人？」

「不，不是，還不至於如此。」

「我並不是很喜歡他。」梅雷迪小姐聲音一下子變得很低。

「但是你一定會喜歡他的晚宴。」白羅微笑著向她保證，「他的廚師手藝很高。」

她半信半疑地看了他一眼，忍俊不禁。

「倒是，」她叫道，「我相信你一定很通人情。」

「我本來就很有人情味嘛。」

「你知道，」梅雷迪小姐說，「這些名人都讓人有點威迫感。」

「小姐，你別害怕，你應該感到興奮！還應該準備好簽名簿和鋼筆。」

「我對犯罪的事不感興趣。我想大多數女人都是這樣。男人才醉心於偵探小說。」

白羅裝模作樣地嘆了口氣。他咕噥道：「唉！此刻我真希望自己是個電影明星，哪怕是個小明星都好！」

管家推開門，對大家說：「各位，請到餐廳用餐。」

正如白羅預言的那樣，謝塔納先生的廚師手藝確實不錯，各種禮數也十分周全。燈光柔和，家具擦拭得光亮，愛爾蘭玻璃器皿泛著幽幽藍光。謝塔納先生坐在桌首主人席，在朦朧的光線中，他的神態看上去比平常更加猙獰莫測。

他客氣地為男女人數不均道了歉。

他的左邊依次坐著奧利薇夫人、德斯派少校、梅雷迪小姐和巴鬥主任。他們的對面是洛里默夫人、白羅先生、羅伯茨醫生和雷斯上校。

羅伯茨醫生對白羅戲謔道：「你可不能整晚都霸占著這兒唯一的漂亮小姐。法國人就是不願浪費時間，是不是？」

白羅輕聲回答道：「我是比利時人。」

「對小姐來說都一樣，老兄。」羅伯茨輕佻地說。

他把臉轉向另一側的雷斯上校，和他談起嗜睡症的最新療法，一副專家的口吻。

洛里默夫人與白羅談起新近上演的戲劇，褒貶不失深刻。話題扯到書籍方面，又轉向世界政局。白羅發現這位女士消息靈通，是個異常聰慧的女人。

餐桌對面的奧利薇夫人，正在追問德斯派少校聽過什麼不知名而奇特的毒藥。

「哦，有一種箭毒。」

「呃，親愛的，那已經過時了，不知被用過幾百次了。我是說新的毒藥。」

「奧利薇夫人，你知道，守舊是原始部落的一個特點，那兒的人遵循老祖父以及曾曾祖父用過的古老良方。」

「真是無趣，」奧利薇夫人說，「我以為他們總是在試用新的草藥或什麼新發明呢。我覺得這是探險家的良機，他們可以把別人還不知道的新藥帶回家，把有錢的叔叔伯伯們全都毒死。」

「那你應該把目光對準文明世界，比方說現代化的實驗室。在那兒可以隨心所欲調製出貌似無害但卻引起重病的細菌。」

「這不合讀者的口味，再說名字也容易混淆。葡萄球菌、鏈球菌……一大堆這樣那樣的名字，祕書不好處理，聽起來也索然無味。你覺得呢？還有你，巴門主任，你以為如何？」

「奧利薇夫人，現在的人才懶得去這麼細思慢想呢。對凶手來說，最方便的是砒霜，好用又容易到手。」巴門主任說。

「胡扯，」奧利薇夫人說，「那是因為你們蘇格蘭警場的人有太多下毒案件沒發現罷了。你們那兒要是有女性……」

「事實上，我們有——」

「是呀，有一大堆戴著可笑的警帽在公園裡打擾別人的女警官！不，我說的是女主管。女人就是懂得犯罪這門學問。」

巴門主任說：「女人若要犯罪往往容易成功，她們頭腦清醒，而且硬著頭皮幹到底的作風，真叫你吃驚。」

謝塔納先生輕笑起來。

「對，毒藥是女人的武器。我敢斷言，一定存在許多神祕的女性下毒專家，只是沒被人發現罷了。」

「這是完全可能的事。」奧利薇夫人愉快地附和道，隨即大嚼一口肥鵝肝。

謝塔納先生想了一下，接著說：「醫生也有機會下毒。」

「我抗議，」羅伯茨醫生嚷了起來：「醫生毒死病人完全是出於意外。」說完他笑了，笑得很開心。

謝塔納先生繼續說：「不過，我若想要殺人……」

這次他剛一開口又止住了。這一停引起了大家的注意，所有的面孔都轉向了他。

「我會把事情盡量弄得簡單些。意外常有嘛，比方說槍枝走火、家居意外之類的。」他聳聳肩，端起酒杯，煞有介事地說：「其實我哪有資格在這兒賣弄，在場的專家這麼多。」

他喝了一口酒，葡萄酒在燭光下微微泛著紅光，正好映在他的臉上，照亮他上過蠟的鬍鬚、小小的皇帝鬚和形狀古怪的眉毛。

餐廳裡一下陷入靜默之中。

奧利薇夫人說道：「什麼時辰了？有天使正經過我們的頭頂……我的雙腳沒有交叉——一定是個黑天使！」

03
牌局

賓主回到客廳，橋牌桌已經安排妥當。僕人給客人們端來了咖啡。

「有誰要打橋牌？」謝塔納先生問，「洛里默夫人是毫無疑問的，還有羅伯茨醫生。梅雷迪小姐，你會打橋牌嗎？」

「會一點，只是技術不太好。」

「太好了。德斯派少校呢？好，你們四人就在這張桌子上打吧。」

洛里默夫人對旁邊的白羅說：「謝天謝地，還有橋牌可打。我敢說我是最大的牌迷了。我簡直就是愛上了這玩意兒。我根本不參加不設牌局的聚會，我會打瞌睡的。真不好意思，可惜就是如此。」

四個人切牌選同伴。結果是洛里默夫人和梅雷迪小姐一組，對抗羅伯茨醫生和德斯派少校。

洛里默夫人坐下來，一邊嫻熟地洗著牌一邊說：「今天可是男女對抗了……噢，真不走運，你覺得呢，好拍檔？我直接叫二。」

「你們千萬要贏才是，」奧利薇夫人的女性主義情感激動了起來，她說，「讓男士們瞧瞧，他們不會事事如意的。」

「是嗎？」羅伯茨醫生開始洗另一副牌，他樂悠悠地說，「恐怕她們是一點兒希望也沒有哩。洛里默夫人，我想是你發牌吧。」

德斯派少校慢慢坐下來。他看著梅雷迪小姐，似乎是此刻才發現她長得非常漂亮。

「請切牌吧。」洛里默夫人不耐煩地催促他。

少校有點不好意思，趕緊將她遞過來的牌切一切。

接下來洛里默夫人開始發牌。她的動作熟練極了。

「那邊還有一個房間可以打牌。」謝塔納先生對另外的幾個人說。

他把他們領進一間舒適的小吸菸室，那兒也放著一張橋牌桌。

「我們有人不能下場玩。」雷斯上校說。

「我不打，我對這玩意兒不感興趣。」謝塔納先生搖搖頭說。

其他幾位客人也表示了同樣的意見。但他不依，堅持讓他們坐了下來。白羅先生和奧利薇夫人一組，對抗巴鬥主任和雷斯上校。

謝塔納先生在一旁觀看了一會兒。當他看見奧利薇夫人是以什麼牌叫「Two no trumps

（八墩無王）」的時候，臉上又浮現出那種邪惡的微笑。然後，他悄然無聲地轉移到另一個房間。

那邊的人正玩得起勁，每個人都是全神貫注，叫牌的速度也愈來愈快：「One heart（七墩紅心）」，「Pass（派司）」，「Three clubs（九墩梅花）」，「Three spades（九墩黑桃）」，「Four diamonds（十墩方塊）」，「Double（賭倍）」，「Four hearts（十墩紅心）」。

謝塔納先生站著看了一會兒，自顧自地微笑。

他走到房間的另一頭，在壁爐前的一張大椅子上坐下來，僕人給他端來了飲料，就放在旁邊的桌子上。壁爐中燃燒著的木柴發出明亮的火光，照亮了飲料瓶的水晶瓶塞。

謝塔納先生深諳照明藝術，他為整個房間設計出逼真的火光照明效果，又另外備有一盞加罩的小檯燈供閱讀使用。此時，減弱了的泛光燈灑下一片柔和的紅光，使得房間處於半明半暗的朦朧之中。而在橋牌桌的上方，一盞較強的吊燈照向牌桌。只聽見桌上的叫牌聲此起彼落。

「One no trump（七墩無王）。」聲音果斷、清晰，是洛里默夫人。

「Three hearts（九墩紅心）。」語氣很積極，是羅伯茨醫生。

「No bid（不叫）。」聲音平平靜靜，是安妮·梅雷迪小姐。

「……Four hearts（十墩紅心）。」少校叫牌之前，總是要先想一下，不是思路緩慢，只是他習慣確定一下再開口。

「Double（賭倍）。」

搖曳的爐火照亮了謝塔納先生的面孔，他微微一笑。

他還在笑著，滿面笑容。他的眼皮輕輕地顫動了一下……

他覺得今晚的宴會讓他很開心。

§

「Five diamonds（十一墩方塊），這是決勝盤了。」雷斯上校說，「真有你的，夥伴。」

他對白羅說：「我沒想到你辦得到，幸虧他們沒有出黑桃。」

巴鬥主任寬厚地說：「其實結果都差不多。」

他叫了黑桃，他的同伴奧利薇夫人手中也有黑桃，但是憑著「某種直覺」，她打出了梅花。結果輸得慘兮兮。

上校看了看錶說：「十二點十分，有沒有時間再打一盤？」

「對不起，我不能再打了，我早睡慣了。」巴鬥主任說。

「我也是。」白羅說。

「那我們來算算總分。」雷斯上校說。

今晚的五盤，男性獲得壓倒性勝利。奧利薇夫人輸掉三英鎊七先令，另外三家都贏了。

贏得最多的是雷斯上校。

奧利薇夫人的牌技雖然很差，卻是個頗有運動精神的輸家。她乾脆俐落地付了錢，然後說：「今天晚上我事事不順。有時候就是這樣。昨天我的牌運就好得很，一連三次大牌一百五十分。」

她站起身來收拾繡花的手提袋，正想拂去額上的瀏海，又及時忍住了。

「我想我們的主人是在隔壁吧？」

她穿過兩個房間相通的門，另外三個人緊隨其後。

謝塔納先生坐在壁爐前。打牌的人仍然是酣戰不已。

「Double five clubs（賭倍十一墩梅花）。」洛里默夫人的聲音還是那麼冷靜清晰。

「Five no trumps（十一墩無王）。」

「Double five no trumps（賭倍十一墩無王）。」

奧利薇夫人走到牌桌邊，看來這盤牌很精采。

巴門主任跟她一起走了過去。

雷斯上校和白羅一前一後地朝謝塔納先生走去。

「謝塔納，我想我們得先走了。」雷斯上校說。

謝塔納先生沒有答話，他垂著腦袋，看樣子睡得很熟。雷斯上校有點奇怪地看了白羅一眼，又朝前走了幾步。突然，他身子往前一探，喉嚨裡發出一聲壓抑的驚叫。白羅一個箭步衝上前，順著雷斯上校所指的方向看過去——有個東西，很像是某種華麗的襯衫飾釦，卻又不是……

白羅彎下身，拉起他的一隻手又放下去，抬頭迎上上校詢問的眼光，點點頭。雷斯上校提高了聲音叫道：「巴鬥主任，請過來一下。」

巴鬥主任朝他們走過來。奧利薇夫人還在那邊繼續看那場「Five no trumps doubled」的牌局。

撇開巴鬥主任遲鈍的外觀不談，他其實是一個反應迅速的人。他眉毛一揚，沉聲問道：「發生什麼事了？」

雷斯上校頷首一指椅子上動也不動的謝塔納先生。

巴鬥主任彎下身子查看時，白羅若有所思地注視著這張面孔。現在這張臉顯得很蠢，下巴往下垮，拉開了兩片無力的嘴唇，惡魔般的神采已經蕩然無存……

白羅搖了搖頭。

巴鬥主任直起身來。他已經查看過謝塔納先生襯衫上那個像飾釦的東西，但是沒用手去摸——那並非是飾釦。他又拉起謝塔納先生的一隻手，它旋即軟綿綿地垂下。

巴鬥主任直起身子，看來冷靜、能幹，一派軍人作風——他打算立即掌握局面。

「各位，請原諒，恐怕得耽擱你們一會兒。」他說。

他提高的嗓音聽起來完全是公事公辦，牌桌上所有的人都朝他看去。梅雷迪小姐正準備拿起夢家[7]的一張黑桃A，一隻手還放在牌上。

「我非常遺憾地告訴各位，我們的主人謝塔納先生死了。」巴鬥主任說。

洛里默夫人和羅伯茨醫生霍地站起身來。德斯派少校一下子緊皺雙眉，兩隻眼睛直愣愣地張開。梅雷迪小姐輕輕地倒抽了一口氣。

「你確定嗎，老兄？」

羅伯茨醫生的職業本能發揮了作用，他輕快地走過去，正是醫療人員面對死亡時的堅定步伐。

不知為什麼，巴鬥主任的身子擋在他的前面。

「等一下，羅伯茨醫生，你能不能先告訴我，有誰今晚進出過這個房間？」

羅伯茨瞪著雙眼看著他。

「進出這個房間？我不懂你的意思。沒有人進出啊！」

「是這樣嗎，洛里默夫人？」

「沒錯。」

7　夢家是指打橋牌時，與莊家同一組的那位同伴。當莊家在處理攻牌策略時，夢家則無事可做。而敵方攻出第一張牌後，夢家則需把全部的牌攤開排好，保持靜默，此時他的職責只是提出犯規的警告。

「管家和僕人也沒來過？」

「我們剛開始坐下來打牌的時候，管家曾經拿著托盤進來過一次，之後就再也沒有進來過了。」

巴鬥主任看看德斯派少校，後者頷首表示贊同。

梅雷迪小姐也喘著氣說：「是的，是這樣的。」

羅伯茨醫生急躁地對巴鬥主任說：「這到底是怎麼回事？還是讓我來給他檢查檢查，也許只是暈過去了。」

「不，這不是暈厥，抱歉得很，法醫沒來之前，誰也不能動他。各位女士先生，謝塔納先生是被人謀殺了。」

「謀殺……」梅雷迪小姐發出驚恐和不相信的感嘆。

少校仍然睜大雙眼看著巴鬥主任，只是眼神更加茫然。

洛里默夫人尖銳地驚叫道：「謀殺？」

羅伯茨說了一句：「老天爺！」

巴鬥主任緩緩點了點頭，他看起來活像一尊瓷製的中國官吏像，臉上毫無表情。

「被捅死的，」他說，「事情就這麼發生了，他被捅死了。」

接著他又問：「你們有誰離開過牌桌呢？」

他看見四張臉的表情不斷變化著：不安、憂懼、憤慨、沮喪、恐怖……但是他沒瞧出什麼異常之處。

「怎麼樣？」

誰也沒有回答他的問題，房間裡靜悄悄的。一兩分鐘後，少校站起身來，身體挺直，就像隊列中的士兵一樣，他精明的窄臉轉向巴鬥主任：「我想我們每個人都離開過牌桌。」他語氣平穩地說，「去拿點飲料或給壁爐加柴什麼的。這兩件事我都做過。我到壁爐邊去的時候，謝塔納先生靠在椅子上睡著了。」

「睡著了？」

「是的，至少我當時是這樣認為。」

「好吧，他或許是睡著的，不過也可能那時他已經死了。這個馬上就能弄清楚。我想請你們到隔壁房間待一會兒。」他朝一直安靜站在旁邊的雷斯說：「雷斯上校，你能陪他們一下嗎？」

上校立刻理解了他的意思，不加思索地回答道：「好的，巴鬥主任。」

四個人跟著雷斯上校，魚貫走出房間。

一直遠遠坐在房間另一角的奧利薇夫人突然輕輕啜泣起來。

巴鬥主任拿起電話話筒說了幾句話。接著，他轉身對白羅說：「本地警察馬上就到，總部派我辦理此案。分局法醫也會盡速趕來。你估計他死了多久時間了，白羅先生？我認為不只一個小時。」

「可能吧，現在只能估算出大概時間，無法精確到說『此人已停止呼吸一小時二十五分四十秒』。」

巴鬥主任心不在焉地點了點頭。

「他就坐在壁爐前，因此屍體僵硬的時間與正常情況會有所不同，我想醫生會說，死了有一個多小時，但不會超過兩個半小時！令人不可思議的是，這麼多人在旁邊，卻沒人察覺出動靜。凶手真是膽大包天啊！萬一謝塔納喊叫起來怎麼辦？」

「偏偏他就沒有叫。也算是凶手走運。正像你說的，凶手真是冒著大險行凶的。」

「白羅先生，你想到什麼沒有？比方說，動機？」

白羅慢吞吞地說：「針對那點，我倒有點意見。巴鬥主任，不知謝塔納先生邀請你的時候，是否提過宴會的內容？」

巴鬥主任奇怪地看著他：「沒有，白羅先生。他什麼也沒說。怎麼了？」

門鈴突然響起來了，有人在叫門。

巴鬥主任說：「他們來了，我去開門，待會兒再聽你講。現在得先辦完例行手續。」

白羅點點頭。巴鬥走出房間。

奧利薇夫人還在啜泣。

白羅走到牌桌邊，仔細用眼睛檢視那幾個人用過的計分紙，搖了搖頭。

「笨蛋，小心眼的笨蛋。」他自言自語地說，「自以為裝出一副魔鬼的樣子，就讓人害怕了。Quel enfantillage[8]！」

門開了，分局的法醫手提公事包走進來。身後跟著一位正和巴鬥交談的本區警探，還有一位攝影師。大廳有一位警察站崗。

凶殺案的例行調查正式開始了。

8　法語，意思是「真幼稚」。

04 羅伯茨醫生？

赫丘勒・白羅、奧利薇夫人、雷斯上校以及巴鬥主任等四人圍坐在餐桌旁。

這已是一個小時以後。法醫給屍體做過檢查、拍了照，把它運走了。剛才還來過一個指紋專家，現在也走了。

「在查詢他們四人之前，我想先聽聽你的高見。」巴鬥主任看著白羅說，「照你看來，謝塔納的宴請一開始就有事有蹊蹺？」

白羅仔細而謹慎地把上回在西撒克斯宮與謝塔納的談話內容重複一遍。

巴鬥主任嘴巴一噘，差點忍不住吹起口哨來。

「展示收藏品？活著的兇手？你認為他是認真的？你沒想過他是在唬弄你？」

「不，他說的是真話，此人很以自己的邪門邪氣為傲，而且相當虛榮。但他也十分愚蠢，所以才會一命嗚呼了。」

「我懂你的意思。」巴門主任想了想說，「宴會有八個客人加上他自己，可以說是四名偵探——加上四名凶手！」

「不可能。」奧利薇夫人高聲嚷道，「絕對不可能！那些人都不像是罪犯。」

巴門主任搖搖頭說：「我可不敢這麼肯定，奧利薇夫人。殺人犯的外型、行為，與一般人並無不同，常常還要更友善、安靜、乖巧、講理呢。」

「那一定就是羅伯茨醫生了！」奧利薇夫人斷言道，「我第一眼看見他就覺得不對勁，我的直覺從來不會錯。」

「你認為呢，雷斯上校？」

雷斯上校聳聳肩。他認為巴門主任的問話，是針對白羅的那番陳述，而不是奧利薇夫人的猜測。

「有可能，很有可能。看來謝塔納先生至少猜中了其中一個案子！畢竟，他只能懷疑這些人是凶手，他無法確定的。他有可能四個案子全猜對，也可能只猜中一個——總之，他猜中一個，他的死證明這點。」

「那個人害怕了——是這樣嗎，白羅先生？」

白羅點點頭說：「謝塔納先生在這方面早已聲名狼藉，人人都懼怕他這種猙獰的幽默，也知道他不會對獵物手軟。那人確信謝塔納先生對他已是把柄在握，並且要拿他好好消遣一個晚上，再將他送交警方。」

「他是不是真的把柄在握？」

「這一點我們永遠不會知道了。」白羅聳聳肩說。

奧利薇夫人堅定地重申道：「一定是羅伯茨醫生！他的神色是那麼開心——以便偽裝！巴鬥主任，如果我是你，就立刻逮捕他。」

「要是蘇格蘭警場的主管是女人，說不定我們真的會這樣做。」巴鬥主任冷靜的眼睛對奧利薇夫人眨了眨。「但是眼下還是男人當家，我們得小心，我們得慢慢來。」

「噢，男人——男人喔！」奧利薇夫人嘆了口氣，開始構思即將見報的評論文章。

「最好現在就開始調查，」巴鬥主任說，「不能留他們太久。」

雷斯上校站起身來說：「如果我們待在這兒不方便的話……」

感覺到奧利薇夫人意味深長的眼神，巴鬥主任猶豫了一下。他很清楚雷斯上校在軍中擔任的職務，白羅則曾多次和警方合作過，他需要這兩個人。至於奧利薇夫人，讓她留下來的理由似乎不夠充分。不過巴鬥主任是個寬厚的人，他想起奧利薇夫人今天輸了三英鎊七先令，但輸得乾脆爽快。

「你們可以留下來，不過請別干預。」他一面說，一面看了奧利薇夫人一眼。「特別是不能透露半點白羅先生提到的線索。那是謝塔納先生的小祕密，它已經隨他一起消失了。明白嗎？」

「沒問題。」奧利薇夫人說。

巴鬥主任大步朝門口走去，他吩咐在門廳執勤的那個警察到小吸菸室去一趟：「告訴安德森，讓他請羅伯茨醫生過來一下。」

「要是我，就把他留在最後——」奧利薇夫人說。「我是說，在我的小說裡。」她不好意思地補充一句。

「現實生活是有所不同的。」巴鬥主任說。

「我知道。現實生活中沒那麼多邏輯可循。」奧利薇夫人說。

羅伯茨醫生走進來，輕佻的步子稍有收斂。

「我說巴鬥主任，」他邊走邊講，「這事太混帳了。請原諒我說粗話，奧利薇女士，但事實如此。作為醫生，我無法相信，在幾碼之外就有另外三人在場的情況下，有人竟敢用刀捅死一個人？」他搖搖頭又說：「呃，我不太可能幹這種事。」他微笑一下，抿了抿嘴角，「我要怎樣才能讓你們相信我與此事無關呢？」

「羅伯茨醫生，動機，這裡有個動機問題。」

羅伯茨醫生使勁地點了頭說：「顯而易見，我沒有動機要殺死可憐的謝塔納。我甚至和他不熟，只是覺得他很有趣，挺邪門的，渾身的東方神祕氣質。我不在乎你們做任何調查，不過那是徒勞而已。真的，我沒有理由殺他，我也沒有殺他。」

巴鬥主任木然地點了點頭說：「別誤會，羅伯茨醫生。這只是例行公事。我相信你能理解。呃，你能告訴我另外三個人的情況嗎？」

「我知道的恐怕不多。」羅伯茨說，「德斯派少校和安妮．梅雷迪小姐，我都是今天才認識的。以前倒是讀過德斯派少校寫的遊記，挺有趣的。」

「你知道謝塔納以前和他認識嗎？」

「不知道。謝塔納先生沒對我提起過。我剛才說了，我聽過他，但從未見過面。梅雷迪小姐我壓根就不認識。我和洛里默夫人倒有點交情。」

「你知道她的背景嗎？」

「洛里默夫人是個有錢的寡婦。人很聰明，教養也好——一流的橋牌高手。實際上，我就是在橋牌桌上認識她的。」

「以前也沒聽謝塔納先生提起過她？」

「沒有。」

「好吧，好像沒什麼。羅伯茨醫生，也許你能回憶一下，仔細回憶一下今天晚上的一些細節，告訴我你離開牌桌的次數和其他人走動的情況。」

羅伯茨想了幾分鐘。

他直言道：「這太難了點。我自己的情況倒是不成問題。我起過三次身，都是在我當夢家時。一次是去給壁爐添柴，一次是去為兩位女士端飲料，還有一次是給自己倒了一杯威士忌蘇打。」

「還記得每一次的時間嗎？」

「只能說出大概的時間吧。我們大概是九點半開始打牌的，我記得。應該大約一小時後我去添柴，很快的，又打了一盤後，我給兩位女士端飲料。呃，大約在十一點半的時候我去倒威士忌。這些都只是粗略的估計，我不敢保證一定準確。」

「放飲料的桌子是在謝塔納先生的另一側？」

「是的，也就是說，我經過他三次。」

「每一次都以為他睡著了？」

「第一次我以為他睡著了。第二次我根本沒再注意他。第三次繞過他時我想：『這傢伙真能睡』。但是我沒有留心看他。」

「很好。你的牌友們離開座位過嗎？」

羅伯茨皺皺眉頭。

「這不太好回想。真的，確實很難回答。嗯，好像德斯派少校曾起身再去拿個菸灰缸，他還去取過飲料，是在我之前，因為我記得他還問過我要不要，我回答說暫時不要。」

「兩位女士呢？」

「我記得洛里默夫人到壁爐那兒去過一次，撥撥火吧。好像還和謝塔納先生說過話。不過我不敢肯定，因為當時我正在打一場相當艱難的 No trump。」

「梅雷迪小姐呢？」

「我記得離開過一次吧。她繞過來看我的牌。那一盤她和我同一組，她是夢家。後來她也看其他人的牌，在房間裡走來走去的。不過我不知道她做過什麼，我沒留意。」

「坐著打牌時，沒有人的椅子是正朝著壁爐嗎？」

「沒有，桌子是斜放的，何況中間還隔著一個大櫥櫃——是中國貨，很漂亮。其實，那時要捅那傢伙一刀是很有可能的。要玩牌當然就專心玩牌，誰還顧得上東張西望？最有機會下手的是夢家。以本案來說。以本案來說……」

「對，以本案來說，無疑的，夢家就是凶手。」巴鬥主任說。

「不過這也得冒險。誰敢擔保不會有人正好抬頭張望？」

「確實如此。看來凶手一定冒了極大的風險，他的動機一定很強烈。但願我們能搞清楚這其中的玄機。」

「你會查出來的。」羅伯茨醫生說，「不妨檢查一下他的文件。也許能看出蛛絲馬跡。」

「但願吧。」巴鬥主任滿面愁容地說。

他銳利地在羅伯茨醫生的臉上掃視了一下，說：「羅伯茨醫生，你能不能講一講你個人的看法？從男人對男人的角度？」

「當然可以。」

「你覺得他們三個人當中，誰的嫌疑最大？」

羅伯茨聳聳肩。

「這個簡單。我隨便說說，可能是德斯派少校。這人習慣即起即行的危險生活，膽大心細，不怕冒險。再說，殺死一個人需要很大的力氣，女人做不了。」

「不，並不需要多大力氣。喏，我給你看樣東西。」

巴鬥主任像變魔術般地拿出一把細長閃亮的匕首。匕首把柄的頂端鑲有一顆閃閃發亮的鑽石。

羅伯茨探過身去接過匕首，內行地打量一番，又試試刃尖，吹了聲口哨說：「哇，這麼鋒利！完全是為殺人打造的，這小東西。喏，像切奶油一樣插進去——真的，就像切奶油一樣。我猜這是凶手帶來的。」

巴鬥主任搖搖頭說：「不，這是謝塔納先生的東西。他原來是放在門口附近的那張桌子上，和其他小物件放在一起。」

「於是凶手就順手借用了。這傢伙能找到這樣的工具，還真是幸運。」

「這要看怎麼說了。」

「當然，對謝塔納先生來說就不算幸運了。哦，可憐的人。」

「我不是這個意思，羅伯茨醫生。我是說，這事還有另外的可能性。我突然想到，凶手會不會是看見了匕首後才起念頭的？」

「心血來潮？你是說凶手進屋，看見這把匕首後，才突然想起要殺人？他事先並無計畫？呃，不知你有根據沒有？」他以搜尋的眼光看看巴鬥。

巴鬥主任木然地說：「這只是猜測罷了。」

羅伯茨醫生慢慢地說：「當然也有這種可能。」

巴鬥主任清了一下喉嚨，對羅伯茨醫生說：「好了，羅伯茨醫生，我不再耽誤你的時間了。多謝你幫忙。你不介意留個地址吧？」

「沒問題。西二區，格洛斯特高台二〇〇號。電話號碼是貝斯沃特二三八九六。」

「非常感謝。近日內我可能要登門拜訪。」

「隨時歡迎。但願報上不要登得太多，我擔心我那些神經緊張的病人會激動。」

巴鬥主任轉過頭來對白羅說：「白羅先生，如果你有什麼問題要問的話，我想醫生是不會介意的。」

「當然不會，當然不會。白羅先生，我一向就很佩服你。小小的灰色腦細胞，講究秩序與方法，我全都知道。我敢說你會問我一些最奇特的問題。」

白羅兩手一攤。這個動作外國味十足。

「不，不，我只是想弄清楚一些小問題，比方說，你們一共打了幾盤牌？」

「三盤。我們剛完成一局，第四盤時你們就進來了。」

「都是誰和誰搭檔？」

「第一盤是我和德斯派少校一組，對抗兩位女士。她們贏了，上帝保佑她們，贏得很輕鬆。我們無牌可打。

「第二盤梅雷迪小姐和我一組，對抗洛里默夫人和德斯派少校。第三盤洛里默夫人和我一組，對抗德斯派少校和梅雷迪小姐。每一盤我們都是切牌選搭檔。不過，配對倒像在滾輪軸一樣平均。第四盤我又和梅雷迪小姐搭檔。」

「誰輸？誰贏？」

「洛里默夫人每盤都贏。我也贏了一點。梅雷迪小姐第一盤贏了一些，後兩盤卻輸了。輸得最多的是德斯派少校。」

白羅笑著說：「巴鬥主任已問過你，試將這些牌友當作凶手的排名；我現在則要問你，以牌技而論又如何？」

「洛里默夫人是一流高手。」羅伯茨醫生說：「我打賭她每年靠打牌賺進不少錢。德斯派的牌技也不錯，思路敏捷，是我所謂『穩當』的牌友。梅雷迪小姐的牌打得很安全，不犯錯，卻略顯呆板。」

「你自己呢？」

羅伯茨的小眼睛眨了眨說：「我叫牌叫得高了一點。他們都是這麼說，不過我認為這樣划算。」

白羅笑了起來。

「還有別的事嗎？」羅伯茨醫生站起身來問。

白羅搖搖頭。

「那麼我想告辭了。噢，奧利薇夫人，你應該把今天的事抄進你的故事中，這比你筆下那些查不出來的毒藥精采多了。晚安，各位。」

羅伯茨醫生走出房間，步子又恢復了輕快的樣子。

房門關上後，奧利薇夫人抱怨道：「抄！抄什麼抄！他們都太平庸了。我可以隨時杜撰出一樁命案，比真的還棒。我從來不擔心想不出情節，而且我的讀者就是喜歡查不出來的毒藥！」

05 洛里默夫人？

洛里默夫人像貴婦人一樣走進餐廳，神色鎮靜，只是面色有點蒼白。

「真抱歉，不得不打擾你。」巴鬥主任對她說。

「你也是公務在身。」洛里默夫人寬宏大量地說，「當然啦，碰到這種事情總是讓人有些不舒服，不過迴避也不是辦法。既然四個人當中肯定有一個是凶手，我說不是我，你們也不會相信。」

她接過雷斯上校搬給她的椅子，坐在巴鬥主任對面，精明的灰色大眼睛直視著對方，耐心地等待著。

「你和謝塔納先生很熟？」巴鬥主任開始發問了。

「不太熟。認識的時間倒是有好幾年了，但是一直往來不多。」

「你們是在哪兒認識的？」

「埃及的一家旅館。盧克索的冬宮飯店，我記得。」
「你對他印象如何？」
洛里默夫人輕輕聳肩說：「我覺得他這個人——不妨這麼說吧，是個招搖撞騙之徒。」
「呃，恕我冒昧——你沒有動機想要除掉他吧？」
洛里默夫人饒有興趣地看著巴鬥主任。
「巴鬥先生，就算我想除掉他，你想我現在會承認嗎？」
「有可能，但真正聰明的人該知道事情是瞞不住的。」
洛里默夫人低頭思忖片刻：「你這話也有道理。不，巴鬥主任，我沒有理由要除掉謝塔納先生。實際上，他活著還是死去都與我無關。我只是認為他是個裝腔作勢的人，很誇張，有時讓人生氣，這是我對他的看法。」
「那就好。洛里默夫人，你能不能談談你對其餘三個人的看法？」
「恐怕沒辦法。德斯派少校和梅雷迪小姐我是今天才認識的，感覺他們都相當討人喜歡。羅伯茨醫生我倒是略知一二，我知道他是個頗受歡迎的醫生。」
「不是你的私人醫生？」
「哦，不是。」
「好，洛里默夫人，你可不可以告訴我，你今晚打牌時離開過牌桌幾次？還有，他們三個人呢？」

洛里默夫人不加思索立刻回答道：「我知道你一定會問這個問題，所以我一直在回想這問題。我起過一次身，是當夢家時，我去給壁爐添柴。當時謝塔納先生還活著。我記得當時還對他說，能看見木柴燒著火真讓人愉快。」

「他回答你了？」

「是的，他說他討厭電暖爐。」

「有人聽見你們的談話嗎？」

「我想沒有，我是壓低嗓門說的，免得影響打牌的人。」她又淡然地加上一句：「其實你也只能從我這裡知道謝塔納先生那時還活著，而且跟我說過話。」

巴鬥主任沒有反駁她，仍然有條不紊地問下去。

「當時是幾點鐘？」

「大概是開局後一個多小時吧。」

「好。其他幾個人呢？」

「羅伯茨醫生給我端過一次飲料。他也為自己端過一杯——那是更晚的時候。後來德斯派少校也去給自己端了一杯，大概是在十一點十五分左右吧。」

「德斯派少校只起身過一次？」

「不，我想是兩次。反正他們兩人為這為那事起身過好幾次，只是我沒注意他們在幹什麼罷了。梅雷迪小姐只離開過座位一次，是去看同伴的牌。」

「沒離開牌桌？」

「這個我不確定。也許走開過吧。」

「一切都不清不楚的。」巴鬥主任點頭說道。

「真抱歉。」

巴鬥主任又一次玩起魔術把戲，抽出了那把精緻細長的匕首。

「洛里默夫人，請你看看這東西好嗎？」

洛里默夫人無動於衷地接過匕首。

「你以前在哪兒見過它沒有？」

「從來沒見過。」

「它本來放在客廳裡的一張桌子上。」

「我沒有注意到。」

「你知道，洛里默夫人，這匕首很鋒利，就算女人使用起來，也和男人一樣方便。」

「可能吧。」洛里默夫人仍然無動於衷地回答道。

她探身向前，把那雅緻的小東西遞還給巴鬥主任。

「不過她也得孤注一擲才行，很冒險的呢。」巴鬥主任說。

他等了一會兒，洛里默夫人仍然沒有答腔，他只得又問：「你知不知道他們三個人和謝塔納先生的關係？」

她搖搖頭說：「不，我一點兒也不知道。」

「能不能說說你的看法？你認為他們之中誰的嫌疑最大？」

洛里默夫人一下子僵硬地坐直了身子。

「抱歉得很，我不喜歡做這種事。我覺得這問題很不恰當。」

巴鬥主任羞得無地自容，像一個被老祖母訓斥的小男孩。他把筆記本拉到面前，低聲問道：「你的地址，洛里默夫人？」

「切爾西區切恩路一一一號。」

「電話號碼？」

「切爾西四五六三二。」

洛里默夫人站起身來。巴鬥主任趕緊問白羅：「白羅先生，你有什麼問題要問嗎？」

洛里默夫人站住了，微微斜著頭。

「夫人，我想請教一下，你們幾個人誰的牌技比較好？這個問題不過分吧？」

「如果與這個案子有關，我不反對回答這個問題。」洛里默夫人冷淡地說，「只是我看不出有什麼關聯。」

「這我自有打算。如果你不反對，就請回答我的問題。」

洛里默夫人用大人哄小孩的口吻說：「德斯派少校的牌打得很穩。羅伯茨醫生的牌叫得過高，不過技術很好。梅雷迪小姐的牌技也還可以，只是太過小心。還有問題嗎？」

這回輪到白羅變戲法了。他拿出四張揉成一團的橋牌計分紙。
「夫人，這些記分表中，是否有一張是你記的？」
洛里默夫人逐張看過後說：「這張是我寫的，第三盤的分數。」
「這張呢？」
「這一定是德斯派少校的，他一邊記一邊畫掉。」
「這張是誰記的？」
「嗯，是梅雷迪小姐記的。記的是第一盤的分數。」
「那麼這張沒記完的，是羅伯茨醫生的囉？」
「是的。」
「非常感謝，夫人，我的問題問完了。」
洛里默夫人轉向奧利薇夫人說：「晚安，奧利薇夫人。晚安，雷斯上校。」
接著她和四個人一一握手告別，走出了房間。

06 梅雷迪小姐？

「從她那兒打聽不出什麼。」巴鬥主任在她身後怨怪道，「還想教訓我怎麼做事呢。這種老派女人倒是滿講義氣的，只是傲慢得不得了！我倒不相信是她幹的。但是誰又敢保證呢！她挺有決斷力的。白羅先生，你在那兒擺弄那幾張計分紙幹什麼？」

白羅將計分紙攤在桌上。

「挺有意思的，你不覺得嗎？」白羅回答道，「喏，從這幾張紙上我們能看出什麼呢？人的個性！不是某一個人的，是四個人的。這幾張紙對我們一定會有極大的幫助，尤其是這些潦草的字跡。你看，這是第一盤。平平淡淡，很快就結束了，是梅雷迪小姐記的——整齊的小字，謹慎地加加減減。她和洛里默夫人搭檔，並且贏了這一盤。

「再看看這一張，一邊記上新的數字就一邊畫掉原來的數字，不容易追蹤牌局。這部分顯示了德斯派少校的個性——他喜歡一下子就搞清楚自己的處境。他的字雖然很小，卻充滿個性。

「這一張是洛里默夫人記的。洛里默夫人和羅伯茨醫生搭檔，對抗德斯派少校和梅雷迪小姐。精采的對賽，雙方的分數都在水準之上。羅伯茨醫生叫的牌太高了，他們沒打成。好在他們倆都是橋牌高手，輸得還不算太慘。當然，醫生這樣叫牌也有他的道理，要是能誘使對方也莽撞叫牌，他們就有機會因『賭倍』而贏牌。看，這些就是沒打成的『賭倍』牌。字跡有特色，優雅，易辨，透力。

「這是第四張，也就是未打完那一盤的記錄。你看，每張記分紙各是不同人的筆跡。這張的字跡華麗而且略顯輕浮，是羅伯茨醫生的字。這一盤他叫的分比前一盤的低，大概是因為和梅雷迪小姐搭檔，她打牌很膽小，他的叫牌方式讓她很害怕！

「你們也許認為我的問題不著邊際。其實我只是想從側面對他們稍做了解，我提的問題只涉及橋牌，當然人人都樂意開口。」

「我怎麼會認為你不著邊際呢？」巴鬥主任說，「各種方法不一而足，我總是放手讓手下的警探自由辦案。每個人都有一套最適合自己的方法，你這樣做一定有你的道理。再說，我還知道你有太多的成功之作。不過我們現在最好還是別再討論這個問題，該請那位小姐進來了。」

安妮．梅雷迪小姐剛走到門邊就停下來。她呼吸急促，一副心煩意亂的樣子。

巴鬥主任立刻堆起慈祥的笑容。他給她移過一把椅子，斜對著他自己。

「請坐，梅雷迪小姐，請坐下來。別害怕，這件事是有一點嚇人，但是其實並沒有那麼嚴重。」

「沒有比這更可怕的事情了。簡直是太可怕了。想想看，我們之中有一個人……有一個人……」她低聲說。

「別再想這事，把它留給我傷腦筋好了。這樣吧，梅雷迪小姐，你能不能先給我們你的地址？」巴門主任和善地說。

「沃靈福德，溫登別墅。」

「城裡沒住處？」

「嗯。我有時在俱樂部暫住一兩天。」

「是在……」

「『女子海陸軍俱樂部』。」

「太好了，梅雷迪小姐。呃，你和謝塔納先生有多熟？」

「我和他一點兒也不熟。我一向認為他是天下最可怕的人。」

「哦，是這樣嗎？」

「噢，當然了！他那種高深莫測的笑容，還有俯身看你的樣子，就好像要把人一口給吞下去。」

「你們認識很久了？」

「九個月左右吧。我是冬季運動期在瑞士認識他的。」

「真想不到他會對冬季運動感興趣。」

「他只喜歡滑雪。滑得很好，會許多花樣。」

「這倒符合他的性格。後來你就經常見到他？」

「嗯，可以這麼說。他有時請我赴宴什麼的，都滿愉快的。」

「但是你不喜歡他？」

「是的，他讓人感到不舒服。」

「你並沒有特別的原因要害怕他吧？」巴鬥主任和善地問道。

安妮．梅雷迪小姐抬起頭來，明亮的大眼睛直視著對方。

「特別的原因？哦，沒有。」

「那好。現在我們來談談今天晚上的事。你打牌的時候沒離開過座位吧？」

「應該沒有。呃，對了，有過一次，我繞到對面去看別人的牌。」

「你一直沒離開過牌桌？」

「嗯。」

「你肯定嗎，梅雷迪小姐？」

她的臉上突然泛出一片紅暈，像火燒的一樣。

「不——不，也許離開過吧。」

「對不起，讓你受驚了。」巴鬥主任趕緊安慰道，「不用這麼緊張。盡量想清楚再說。人一緊張就往往會把事情說成是自己希望的樣子。其實這樣做很不值得。你是不是離開過自己的座位，走到謝塔納先生那邊去？」

她沉默了足足一分鐘的時間。

「說實話，」她說，「說實話，我真的記不得了。」

「好吧，那我們就暫且說你去過那邊吧。梅雷迪小姐，你可以談一談另外三個人的情況嗎？」

她搖搖頭說：「我以前從沒見過他們中的任何一個人。」

「今天晚上你對他們的印象如何？你認為哪個人的嫌疑最大？」

「我無法相信，我就是無法相信。絕對不可能。不是德斯派少校。我也不認為會是羅伯茨醫生，醫生可以用更簡單的方法，比方說藥物。」

「依你看來，若有一個兇手，就非洛里默夫人莫屬了？」

「我可沒這麼說，我相信她不會。她的風度高雅，又很體貼人，和她打牌一點也不會覺得緊張，她從來不會趾高氣揚地指責人，也很少指出別人的錯誤，儘管她本人的牌打得很在行。」

「但是你最後一個才提到她。」

「這是因為用刀殺人有點像女人幹的事。」

巴門主任又拿出了那把匕首，梅雷迪小姐往後一縮。

「噢，太可怕了。我，我非得看嗎？」

「嗯，我希望你看一看。」

她戰戰兢兢地接過匕首，面孔皺成一團。

「就用這麼一個小東西……」

「像切奶油一樣插進去。小孩都辦得到。」巴門主任輕輕地接過話頭。

「你是……」她的一雙大眼睛驚恐地盯著他。「你是在暗示這件事與我有關？噢，巴門先生，我沒殺人！我為什麼要殺死謝塔納先生呢？」

「這正是我們想搞清楚的問題。動機是什麼？為什麼要置他於死地呢？他是有點裝腔作勢，但就我了解，他並不足以對別人構成真正的威脅。」

她是不是輕輕地倒抽了一口氣，胸口突然聳起呢？

巴門主任繼續說：「比方說，他不會是敲詐勒索之徒吧？不過你用不著擔心，不管怎麼說，你都不像是藏有醜事的女孩。」

他的話使她寬慰不少，她的臉上第一次出現了笑容。

「當然，我是沒有。我從來就沒做過見不得人的事。」

「那你別擔心，梅雷迪小姐。我們可能還會打擾你。不過你放心，全都是例行公事。」

巴門主任站起身來：「現在你可以走了。我讓他們去給你叫一輛計程車。記住，千萬別為這事影響睡眠。今晚最好還是吃兩片阿斯匹靈吧。」

他把她送到門外就回來了。

雷斯上校低著嗓門取笑道：「巴鬥主任，你真會演戲。看你那副慈父般的體貼和溫厚的笑容，真是沒人能比得上。」

「和她周旋下去沒有用，雷斯上校。這可憐的女孩已嚇得半死，我不忍心再火上澆油，太殘忍了。」他頓了一下又說：「要是她的恐懼是裝出來的，那倒是個天才小演員。那樣的話，留她到半夜也不會有結果。」

奧利薇夫人嘆了口氣，兩隻手一起去拂弄額前的瀏海，結果弄得毛髮直立，看上去像個醉漢。

「知道嗎？」她說，「現在我絕對相信是她幹的。噢，幸好不是在小說上，讀者不能接受年輕美貌的女孩是殺人凶手。不管你們信不信，反正我敢說，凶手非這個小姐莫屬。白羅先生，你認為如何？」

「我嗎？我剛剛發現一件小事。」

「還是關於計分表？」

「是的，梅雷迪小姐在紙的背面畫上格子再用。」

「這說明什麼呢？」

「這是生活拮据養成的一種習慣；要不就是這位小姐天生節儉。」

「可是她的衣服很昂貴呢。」奧利薇夫人說。
巴門主任打斷了他們的討論。
「請德斯派少校進來。」他高聲叫道。

07 德斯派少校？

德斯派少校邁著敏捷的步伐走進餐廳。他走路的姿勢使白羅想起了某種動物或某個人。

「對不起，德斯派少校，讓你久等了。」巴鬥主任對他說，「主要是，我想讓女士們早點離開。」

「沒關係，這我理解。」他說著坐了下來，以詢問的目光看著巴鬥主任。

「你和謝塔納先生熟到什麼程度？」巴鬥主任問道。

「我見過他兩次。」德斯派乾脆俐落地回答。

「就兩次？」

「就兩次。」

「何時何地？」

「一個月前，我們在一個朋友家的晚宴上認識，一星期後他邀請我參加雞尾酒會。」

「在這兒辦雞尾酒會？」

「是的。」

「是在這個房間還是在客廳？」

「所有房間都用上了。」

「你記得這小東西放在什麼地方嗎？」

巴鬥主任又拿出了匕首。德斯派輕輕嘛了一下嘴角。

「我上次來的時候，沒記筆記要日後拿來使用。」

「你沒必要這樣揣測我話裡的意思。」

「請原諒。不過，你話裡的用意十分明顯。」

雙方都沉默下來，出現了一分鐘的冷場。接著巴鬥主任又開始發問。

「你有沒有理由討厭謝塔納先生？」

「多得是。」

「哦？」巴鬥主任似乎大吃一驚。

「我是討厭他，但是我並不會因此殺死他。我一點也沒想過要殺死他，不過我倒真想踢他幾腳。遺憾的是來不及了。」

「你幹嘛想踢他，德斯派少校？」

「因為他就是那種需要狠狠踢上幾腳的鼠輩。看到他，我就腳趾頭發癢。」

「有些什麼具體事情讓你這麼討厭他？」

「衣著過分講究，頭髮留得太長，還有很濃的體味。」

「然而你還是應邀赴宴。」

德斯派少校淡然地說：「巴鬥主任，如果我只到喜歡的人家裡做客，那麼我赴宴的機會恐怕就不多了。」

「你喜歡社交，但並不醉心，是吧？」

「喜歡某一部分吧！從蠻荒之地回到燈光明亮的房室，漂亮的女人，美味的佳餚，朋友們的笑聲，不可否認，短時間內這些東西還是能引起我的胃口。但文明世界的虛情假意很快就會讓我感到厭倦，於是我又會再度遠行。」

「蠻荒之地的生活一定充滿各樣的危險吧？」

德斯派聳聳肩，輕輕一笑。

「謝塔納先生的生活安全無虞，但是他死了，而我卻活著。」

巴鬥主任意味深長地說：「他過的生活，也許比你想像的危險多了。」

「你的意思是……」

「已故的謝塔納先生有點愛管閒事。」巴鬥說。

「你是說他干涉別人的生活？他發現——什麼了？」德斯派少校傾身向前。

「我的意思是，他可能是那種愛管——呃，女人閒事的人。」

德斯派身子朝後一仰，靠在椅子上。他笑了起來，似乎覺得有意思，卻又漠不關心。

「我想女人不會對這種江湖郎中太認真。」

「德斯派少校，你猜想是誰殺死他的？」

「首先，我知道不是我幹的。我也認為梅雷迪小姐與這事無關。洛里默夫人讓我想起我一位敬畏上帝的姑媽，我無法將這種事和她聯想在一起。那就只剩下羅伯茨醫生了。」

「你能回憶一下今天晚上的一些過程嗎？你自己的和其他人的。」

「我離開過桌子兩次。一次去拿菸灰缸，順便撥了爐火。另外一次去拿飲料——」

「什麼時間？」

「我無法確定。第一次是在十點半左右吧。第二次大約十一點。這只是估計的時間。另外，洛里默夫人曾到壁爐邊去過一次，好像還和謝塔納先生說了幾句話。我沒聽見他回答。不過，當時我沒仔細留意。梅雷迪小姐曾經在屋裡走來走去，但好像都沒靠近壁爐。羅伯茨醫生老是起身去做這做那的，至少有三、四次吧。」

「現在問你一個白羅先生問過的問題，」巴鬥主任笑著說，「你認為他們三個的牌技如何？」

「梅雷迪小姐的牌打得不錯。羅伯茨醫生不怕人笑的把牌叫得老高。照道理他應該會輸得更慘些。洛里默夫人的牌技算得上爐火純青了。」

巴鬥主任轉過來問白羅：「白羅先生，你還有問題嗎？」

白羅搖搖頭。

德斯派少校告訴他們自己的住址，道過晚安後走出了房間。

房門關上後，白羅的身子輕輕動了一下。

「怎麼了，白羅先生？」巴鬥問。

「沒什麼。我只是突然覺得德斯派少校走路的姿勢像老虎——柔軟、靈活、從容不迫。是的，老虎走路就是這樣。」

巴鬥主任哼了一聲，環視三位同伴。「到底是誰幹的呢？」

08 到底是誰？

巴鬥主任一個個看過去，只有一個人回答。奧利薇夫人從不會放過發表意見的機會。她說：「不是羅伯茨醫生就是梅雷迪小姐。」

巴鬥主任以探詢的眼光看了看另外兩個人，兩人都不願發表意見。雷斯上校搖了搖頭，白羅則用心地抹平那幾張皺巴巴的計分紙。

「必定有一個人是凶手。」巴鬥主任咕噥道，「這個人是誰呢？不容易，不容易啊。」

他思忖了一會兒又說：「照他們自己的想法，醫生和少校互相懷疑；梅雷迪小姐意指洛里默夫人；洛里默夫人乾脆避而不談。一點頭緒也沒有。」

「是嗎？我看不見得。」白羅終於開口。

巴鬥主任飛快地看了他一眼，問道：「你發現了什麼？」

白羅揮揮手說：「一點小小的不同，沒什麼，不足掛齒。」

作風。

「看來兩位先生是不肯發表高見囉？」巴鬥主任說。

「沒有證據。」雷斯上校簡略回答。

「唉，你們這些男人！」奧利薇夫人不以為然地嘆了一口氣。她瞧不起這種扭扭捏捏的作風。

「現在我們來大概分析一下。」巴鬥主任說，他考慮了一分鐘。「我還是要把羅伯茨醫生放在第一個。他是個華而不實的傢伙。最大的理由是，身為醫生，他知道刺進匕首的最佳部位。其次是德斯派少校。膽子奇大，反應又快，擅於應付危險的事。

「接下來是洛里默夫人。她也是很有膽量的人，而且曾經有不可告人的遭遇，似乎是些麻煩事。另一方面，她又很守節操，足以做個女校校長。難以想像她將匕首刺進另外一個人的胸膛，實際上我認為不是她做的。最後是安妮·梅雷迪小姐。除了知道她是個漂亮羞怯的普通女孩外，我們對她一無所知。」

「但是謝塔納先生認定她殺過人。」白羅說。

「人不可貌相，天使的面孔下可能隱藏著魔鬼的靈魂。」奧利薇夫人沉吟道。

「就這麼空泛地分析有用嗎？」雷斯上校問。

「你認為推論無用嗎，先生？像這種案子，只得這麼分析。」

「做一些實際調查不是更好？」

「這事當然要做。我認為你可以協助我們。」巴鬥主任微笑道。

「責無旁貸。你需要我做些什麼呢？」

「德斯派少校常在國外。他到過南非、東非以及南美的許多地方。你有辦法調查這些地方，我想你能找到他的一些資料。」

「沒問題。我會盡力而為。」雷斯點點頭。

「噢！」奧利薇夫人突然嚷道：「各位，我提個建議。我們一共是四個人——不妨說是四個偵探——他們也正好是四個，一個對付一個怎麼樣？各取所好。雷斯上校已經選定了德斯派少校。巴鬥先生總是把羅伯茨醫生放在首位。洛里默夫人留給白羅先生，我負責調查安妮・梅雷迪小姐。我們大家分頭行事！」

巴鬥主任斷然搖頭說：「絕對不行！奧利薇夫人，這是正經的公事。上面交代我辦這個案子，我必須全方位負責。再說各取所好也想得太美了，也許兩個人都想追獲同一匹馬呢？雷斯上校並沒有說過他懷疑德斯派少校。白羅先生也許認為不是洛里默夫人。」

奧利薇夫人遺憾地嘆了一口氣說：「可惜了，多好的一個計畫，乾脆又俐落。」不過她馬上又興奮起來。「但是你不會反對我做些小小的調查吧，用我自己的方法？」

「不，」巴鬥主任慢慢說，「我無法反對。實際上我也無權干涉你。你是這件事的目擊者，你儘管去滿足你的好奇心。不過我得提醒你，凡事小心為妙。」

「這點你放心，我絕不會洩漏半點機密。」奧利薇夫人多少有些喪氣地說。

「我想巴鬥主任不是這個意思。」白羅說，「他的意思是，你要追查的可能是個已行凶兩次的人，要是他認為有必要，是不會猶豫幹第三次的。」

奧利薇夫人若有所思地看著他，慢慢地泛出笑容——愜意、迷人的笑容，看上去像個不諳世事的小女孩。

「『我們可是事先提醒過你喲。』」她模仿道。「謝謝你，白羅先生，我會小心行事的，但我不會只是當旁觀者。」

白羅站起身來，對她優雅地鞠了個躬。

「我必須說，夫人，你真是個氣魄十足的人。」

「我想，」奧利薇夫人挺直身體坐著，就像是在委員會上發言，她一本正經地說：「我們每一個人搜集到的情報都要共用，也就是說，情報不能藏私。當然啦，個人的印象和推論除外。」

巴鬥主任無可奈何地嘆了口氣說：「奧利薇夫人，這不是偵探小說。」

雷斯上校說：「所有的情報和證據當然都得交給警方。」口氣儼然像是在發布命令一樣斬釘截鐵。說完他又對著奧利薇夫人眨眨眼睛。「奧利薇夫人，我相信你的行動一定很正大光明。比方說沾了血的手套啦、漱口杯上的指紋啦、燒剩下的紙屑啦……凡此種種，你都會交給巴鬥主任。」

「你儘管取笑吧。」奧利薇夫人面有慍色地點頭說，「不過，女性的直覺——」

雷斯上校站起身來對巴鬥主任說：「巴鬥先生，我會替你調查德斯派少校，這可能得花點時間。還有什麼要我做的？」

「我想沒有了，謝謝。哦，對了，你有什麼建議嗎？任何意見我都會列為參考。」

「嗯——我會特別留意槍殺、毒殺以及意外事件。不過我想你已經打算這麼做了。」

「是的，我是有一些計畫。」

「我知道這方面你用不著別人指點。晚安，奧利薇夫人。晚安，白羅先生。告辭了。」

雷斯上校最後又對巴鬥主任點點頭，就走出了房間。

「他是幹什麼的？」奧利薇夫人問道。

「軍人。」巴鬥主任回答說，「我只知道他的軍中紀錄很好。他經常旅行，世界上他不知道的地方很少。」

「我猜他是個情報員，」奧利薇夫人說：「我知道你不便對我直說。若非如此，謝塔納就不會邀請他了。四個凶手加四個偵探——一個蘇格蘭警場的警官，一個情報人員，一個私人偵探，一個偵探小說家。真是聰明得很。」

「你錯了，夫人，這一點也不聰明。」白羅說，「老虎受驚了，撲上來反咬他一口。」

「老虎？怎麼會是老虎？」

「我指的是那個凶手。」白羅說。

巴鬥主任突然說：「你準備怎樣進行，白羅先生？這是問題之一。另外，我想聽聽你對這四個人的心理分析，我知道你擅長這個。」

白羅還在抹平那幾張計分紙，他說：「你說得對，在這個案子中，心理分析尤為重要。現在我們已知道它是哪一類型的謀殺案，還知道做案的手法。如果我們能確定某一個人絕不可能用這種方式做案，我們就可以把他排除在外。當我們把清白的人一個個刪掉後，剩下的就是凶手了。

「我們對這幾個人亦略有所知。從他們打牌的風格、筆跡和記分的方式來分析，我們已經部分地了解他們的性格和心態。我們還見過他們本人，和他們說過話，這樣又有了實實在在的印象。遺憾的是，要明確地宣布結果並不容易，這樁命案需要有膽識、願意冒險的人才能得手。

「這點最符合的是羅伯茨醫生。他虛張聲勢，牌叫得太高，完全不怕冒險，而且有把握得手。他的心態與這個案子的特點相符合。

「你們也許會說，以這個標準來判斷，梅雷迪小姐的嫌疑就自行解除了？她膽子小，不敢叫牌，小心節儉，缺乏自信，這種人不太可能會冒險反撲。但是再膽小的人也會出於恐懼而殺人；再神經質的人也能因絕望而行凶，一旦被逼上絕路，哪怕是隻老鼠也不會甘心坐以待斃。如果這位小姐有過什麼前科，又斷定謝塔納先生是把柄在握，並且很可能把她交給警方的話，在萬般無奈的恐懼中，她只有鋌而走險，雖然不是出自於性格冷血或自大狂妄，只是心中極度恐慌，但結果是一樣的。

「現在來看看德斯派少校。他冷靜，多謀善斷。這種人在權衡利弊後，或許願意賭上一局。我敢說，他是那種贊成坐等不如行動的人。只要值得，他絕不怕冒險。

「最後是洛里默夫人，她是四個人當中年紀最大的一個，或許也是最聰明的一個。她聰明才智俱全，性格冷靜，頗有數學頭腦。這種人做案一般要有預謀。想像得出她會如何細密周全地策畫，直到確認萬無一失才行動。基於此，我認為她的可能性比其他三人都來得小。但是話又說回來，洛里默夫人的掌控慾很強，無論做什麼，都會處理得完美無缺。她是效率很高的女人。」

他停了一下接著又說：「所以你們看，誰也排除不了。沒有別的辦法，查這個案子，只得追查往事了。」

巴鬥主任無奈地嘀咕道：「這個你剛才就說過。」

「謝塔納認定這四個人都殺過人，這是有根有據，還是無端猜測？這個我們不敢肯定。我想他不太可能握有四起謀殺案的確切證據。」

巴鬥主任點點頭說：「我同意，要是那樣，未免太巧了些。」

「有這麼一種可能，」白羅說，「一群人在議論某一個凶案或類似的事時，謝塔納先生偶然觀察到某人的表情發生了變化，我們都知道他對人的表情十分敏感。他覺得不妨試一試，比方說在隨意的閒談中輕輕刺探。當然他會留心對方的反應，例如迴避、閃爍其詞、竭力改變話題等等。沒有什麼比證實心中的疑慮更容易的了，只消一個字擊中要害就能夠達到目的。」

巴門主任點點頭說：「這種遊戲，一定為我們這位已故的朋友帶來很多樂趣。」

「還有一種可能，他偶然掌握到某件案子的端倪，就往下追查。但是我懷疑他查得出什麼有用的證據，足以向警方報案。」

「也許根本就沒有什麼謀殺案。」巴門主任接過話頭說：「有些事情看來可疑，但是永遠無法證實。不管怎麼說，我們的方向很清楚，先得搞清楚這幾個人的過去。要特別注意與他們有牽扯的死亡事件。我想你們和上校一樣，也注意到謝塔納在餐桌上說的那些話。」

「黑天使！」奧利薇夫人輕輕講了一句。

「他有意把話題扯到下毒、意外傷人、醫生的好機會、槍枝走火等等。要說他就是在那個時候給自己簽下了死亡證書，我是一點也不會感到吃驚。」

「他那段話真讓人反胃。」奧利薇夫人說。

「是的，」白羅說，「不過現在看來，那些話至少擊中了某個人的要害。那個人誤以為謝塔納所知的遠比實際還多。聽者以為這些話是結局之前的序曲，以為謝塔納特意安排了這場精采的宴會，並準備以逮捕凶手作為高潮。殊不知正如你所說的，他是在給自己簽發死亡證書。」

房間裡一下子陷入沉默之中。

巴門主任輕輕嘆了口氣說：「得做長期奮戰的準備。我們不可能馬上查明一切，更重要的是，不能讓他們察覺到我們正在調查他們。和他們談話時只能涉及這個案子，絕不能讓他們疑心我們在探究做案動機。唉，要命的是，我們得搞清楚的不是一件，而是四件過去或許發生過的命案。」

對此，白羅沒有苟同。

「謝塔納老兄不是不會出錯。他也許——這是很可能的，搞錯了。」

「四樁命案都是捕風捉影？」

「不，他還不至於傻到那個程度。」

「一半？」

「也不至於。要我說，可能只有一個是弄錯的。」

「一個無辜三個有罪？那真是夠糟了。更糟的是，就算我們費了九牛二虎之力把過去的事搞個水落石出又如何？就算我們確定某人在一九一二年曾經把他的老姑姑推下樓去，又對一九三七年的這件案子有多大幫助？」

白羅給他鼓勵。

「有幫助，一定有幫助，這個你懂，我也懂。」

巴鬥主任慢慢地點點頭。

「我明白你的意思，你是說手法相同。」

「你是指，過去的受害者也是死於匕首之下？」奧利薇夫人問。

「那倒不一定，奧利薇夫人，」巴鬥主任說：「但是我想，兩樁犯罪的類型，本質上會是相同的。細節或許有異，然而潛在的要素並不會改變。奇怪的是，每回都是這點讓犯罪者洩了底。」

「人是缺乏創意的動物。」白羅說。

「女人就能千變萬化。要是我，就絕對不重複使用同樣的模式謀殺。」奧利薇夫人得意地說。

「難道你沒寫過兩次相同的情節？」巴鬥主任問。

「比方說《忘憂樹謀殺案》和《蠟燭的啟示》。」白羅小聲說道。

奧利薇夫人猛地朝他轉過臉去，激動得兩眼發亮。「聰明——你真是聰明過人，白羅先生。對，我不否認，這兩本書的手法差不多，可是別人都沒看出來。兩個故事，一個是在內閣會議上丟失了文件，另一個是婆羅洲某橡膠農場主人被謀財害命。」

「內閣部長盜取了自己的文件，農場主人設計了自己的命案，誰料得到最後一分鐘另外一個人插手進來，結果假戲成真。故事轉折的重點是一樣的，這可是你最乾淨俐落的創作手法之一啊。」白羅道。

「奧利薇夫人，我很欣賞你最近的一部大作。」巴鬥主任客客氣氣地說：「所有的警察局長同時中彈。我知道你很講究精確，只是在專業描述上失誤過一兩次，所以我想知道你是否……」

奧利薇夫人打斷了他：「我根本就不在乎是否精確，現在誰會注意這個？假設一位記者描寫道：『一位二十二歲的美女在窗邊眺望大海，吻別她心愛的紐芬蘭獵犬[9]「鮑伯」後開煤氣自殺。』請問有誰會吹毛求疵地去證實那美人實際上是二十六歲，房間並非瀕臨大海，那隻狗其實只是一隻名叫『邦尼』的錫利哈姆犬[10]？沒人會去做這種事。如果連記者都可以這麼做，那我把警察的階級搞混了，或者把自動手槍寫成左輪槍，想說留聲機卻說成了竊聽器，以及凶手用的是只夠受害人臨死前說半句話的毒藥，又有什麼值得大驚小怪呢？

「重要的是，得出現一大堆屍體！若嫌內容枯燥，加點血跡就能生動起來。某人打算披露某個陰謀，還未開口就已命喪黃泉，這種懸疑效果極佳，在我的每一本書中都能看到——當然必須改頭換面才行。讀者喜歡查不出端倪的毒藥；喜歡笨拙的警官和女孩一起被送進地窖，下水道的瓦斯或汙水又猛地灌了進來（這種殺人方式其實挺費工夫）；讀者最崇拜同時對付三個，不，最好是七個歹徒的英雄。我已經寫過三十二本書，正如白羅先生注意到的那樣，手法其實都差不多，只是包裝巧妙，一般人看不出來罷了。只有一點我事先沒有考慮周全。我筆下的偵探是個芬蘭人，但我其實對芬蘭一無所知，經常有些芬蘭讀者來信，說他的很多言行舉止讓他們感到不可思議。看來芬蘭人還很愛讀偵探小說，大概是漫漫冬季晝短夜長，只能讀書消遣的緣故吧。羅馬人和保加利亞人就好像很少把時間花在這上面。要是我把他寫成保加利亞人就好了……」奧利薇夫人戛然止住話頭：「噢，對不起，我扯遠了，現在可是真正的命案。」她的臉龐亮了起來，「如果根本沒有人謀殺他，這倒是個好點子。他會不會是邀請大家來，然後悄悄自殺，只是想製造混亂來取樂……」

白羅點點頭，贊同她的話：「很棒的結局，乾淨俐落，出人意表。可惜謝塔納先生不是這種人，他非常愛惜自己的生命。」

「不管怎麼說，我都不認為他是個好人。」奧利薇夫人慢慢地說。

「他不是好人，沒錯，但是他本來活著，現在卻死了。如同我對他說過的，我對謀殺案的看法很俗氣，我不贊成這種事。」白羅說。

他又柔聲加了一句：「所以——我下決心到虎籠裡去看一看……」

9 一種大型獵犬，有叼物歸主的習性。

10 一種短腿、方顎、白毛皮的威爾斯小種㹴犬。

09 巴鬥主任拜訪羅伯茨醫生

「早安，巴鬥主任。」

羅伯茨醫生從椅子上站起身來，他和巴鬥主任握手表示歡迎，手上還帶著肥皂和消毒水的氣味。

「進展如何？」他問道。

巴鬥主任環視一下舒適的治療室，回答道：「噢，羅伯茨醫生，嚴格地說，一點進展也沒有，還在原地踏步。」

「所幸的是沒有太多的消息見報。」

「是的。『謝塔納先生在家宴請賓客時突然死亡』，暫時只能這麼說。我們已經驗過屍了，這兒有一份驗屍報告，你有興趣看看嗎？」

「真感謝你這麼信任我，這真是——嗯……嗯……很有趣。」

他將驗屍報告遞還巴門主任。

「我們已經見過他的律師，也看過他的遺囑，沒什麼特別的。他好像有親戚在敘利亞。呃，我們還查看過他的所有的私人文件。」

是幻覺吧，還是羅伯茨醫生刮得光淨的臉上，真的出現一絲不自然的僵硬？

「有收穫嗎？」他問道。

「沒有。」巴門主任望著他回答。

他並沒有鬆口氣的表情，一點跡象都沒有。不過醫生坐在椅子上，身體好像放鬆了，看上去比原來要舒服些。

「所以你就來找我？」

「是的，於是我就到這兒來了。」

羅伯茨醫生的雙眉輕輕往上揚了一下，精明的眼睛注視著巴門主任。

「來調查我的私人文件，呃？」他問道。

「我是這麼想。」

「有搜查狀嗎？」

「沒有。」

「是嗎？反正這對你來說是舉手之勞。看來我還是盡力合作的好。誰讓我沾上這種事呢？我理解，你也是公務在身。」

巴門主任真心誠意地說：「羅伯茨醫生，真是太感謝你了。我非常感激你的配合，但願其他人能和你一樣通情達理。」

「沒辦法的事就得忍耐。」羅伯茨醫生和顏悅色地說，「我今天的病人都看完了，正準備上幾個病人家去。我把鑰匙留給你，只消對祕書說一聲，你就可以翻個夠。」

「這樣的合作態度真讓人覺得愉快。你離開之前，我還有幾個小問題。」

「有關那天晚上的事？真的，我知道的全告訴你了。」

「不，不是那個。我想和你談談你自己的事。」

「好，儘管問吧，你想知道些什麼？」

「我想請你談談你的生平，家世、婚姻等等。」

「我就當作是草擬《名人錄》上的內容吧。」羅伯茨醫生淡然地說：「我的一生非常順遂。我是許羅普郡人，出身在拉德洛。父親在世時就在那兒行醫。我十五歲那年他去世了。我是在修魯斯伯里受的教育，和先父一樣也是學醫。我的守護神是聖克里斯托弗[11]。至於我的工作情況我想你一定已經了解，我就不再贅述了。」

「是的，我是調查過你，先生。你是獨生子？有沒有兄弟姐妹？」

「我沒有兄弟姐妹，父母都去世了。我也沒結過婚。這些對你都有用嗎？對了，我剛來倫敦時是和埃里默醫生合夥的。他十五年前就退休了，現在在愛爾蘭居住。如果你有興趣，我可以告訴你他的地址。再就是我現在有兩個女僕，一個負責客廳的接待事務，一個料理日常家務。我還有個廚師，我們都住在這兒，只有祕書是白天來上班，晚上回家。我的收入不錯，在我手中死去的病人數目也在合理範圍內。怎麼樣，還有什麼問題？」

巴門主任露齒一笑。

「稱得上包羅萬象了。羅伯茨醫生，你說話真風趣。現在我要再問你一個問題。」

「巴門先生，我可是個品行端正的人啊。」

「噢，你誤會我的意思了。」巴門主任說，「我只是想請你告訴我四個朋友的名字——和你相識多年、很了解你的朋友——以作為參考。你懂我的意思嗎？」

「我懂，我懂。讓我想想看。你要目前住在倫敦的人？」

「這樣當然更好，不是也沒多大關係。」

醫生大概想了一會兒，然後用鋼筆在一張紙上寫下四個名字，遞給坐在桌子對面的巴門主任。

「夠了吧？一時只想得起這幾個人。」

巴門主任仔細看了一遍，點頭表示滿意，把紙放進上衣的內袋。

「這只是消去法的問題，」他說：「愈早消除一個人的嫌疑，以便更快調查下一個，對

11 聖克里斯托弗（Saint Christopher）是基督教聖徒。他是旅行者的主保聖人，二十世紀則是乘坐汽車者的主保聖人。

每個當事人愈好。我得確定你和已故謝塔納先生之間沒有嫌隙，也沒有過密的私交或生意上的來往，沒有什麼可供他做文章的，也不可能仇視他。當然，你已經聲明你和他只是淺交，我也願意相信你，但這不是信不信的問題，我得完全證實。」

「我百分之百理解。在還未能證實一個人說的是真話之前，你都必須把他當作在說謊。給你，這是鑰匙，全在這兒。注意，這把小的是開毒品櫃的，查過後一定要鎖好。不過我還是再叮囑一下祕書好些。」

他摁了一下桌子上的按鈕。門立刻打開了，一個幹練的年輕女人走進來。

「有事嗎，羅伯茨醫生？」她問。

「這位是伯吉斯小姐。這位是蘇格蘭警場的巴鬥主任。」

伯吉斯小姐冷冰冰地睨視巴鬥主任一下，好像在說：「天哪！哪兒來的怪物。」

「伯吉斯小姐，如果巴鬥先生有什麼問題的話，我希望你能給予協助。」

「羅伯茨醫生，既然你這麼說，我照辦就是了。」

「好啦，我該走了。」羅伯茨醫生說著，站起身來。「伯吉斯小姐，你把嗎啡放進出診箱了嗎？那個叫洛特哈特的病人需要。」

他邊說邊急匆匆地往外走，伯吉斯小姐緊隨其後。一兩分鐘後她又回來，對巴鬥主任說：「巴鬥先生，有事找我就請摁鈴，好嗎？」

巴鬥主任道過謝並答應了她。伯吉斯小姐一走出房間，他立刻著手工作。

他搜得仔細而有條理，倒不奢望找到什麼了不得的東西。羅伯茨醫生剛才的爽直和乾脆，已經說明他是有備而待。不過他也許沒看出巴鬥主任的真正目的，所以巴鬥主任仍然抱著一絲希望。

他翻遍了所有的抽屜和文件架，記下未付的提藥單以及藥品名稱，又檢查了羅伯茨醫生的支票簿和他的私人存摺、護照以及診斷記錄等等，凡是應該看的，一樣也沒有漏過，結果幾乎是一無所獲。接著，他打開毒品櫃，記下了羅伯茨醫生購買這些有毒藥品的商行和付帳方式。

把藥櫃鎖好，再查看辦公桌，裡面的東西更加私人性，但巴鬥還是找不到他想搜查的東西。他搖搖頭，坐在椅子上，摁了一下鈴。

伯吉斯小姐立刻就進來了。

巴鬥主任一下子就感覺到她的敵意，他客氣地請她坐下，悄悄打量了她一會，拿不定主意是進一步加強這種敵意，以刺激她說出一些未經考慮的話呢，還是先讓她緩和下來再說。思忖片刻，他說：「伯吉斯小姐，我想你已經知道我上這兒來的目的。」

「羅伯茨醫生跟我說過。」她冷漠地回答道。

「事情看來很棘手。」巴鬥主任說。

「是嗎？」伯吉斯小姐說。

「是的，這是一件很麻煩的事，四個人有嫌疑，其中有一個必定是凶手。我想知道你是否看過這位謝塔納先生？」

「從來沒見過。」

「也沒聽羅伯茨醫生提到過他？」

「也沒有。不，讓我想想……對了，上星期羅伯茨醫生讓我在記事簿上記下他要去赴一個晚宴，時間是十八號晚上八點十五分，主人就是謝塔納先生。」

「那是你第一次聽說這個名字？」

「是的。」

「在這之前也沒在報上看到過？他可是經常出現在時尚新聞中。」

「我有更正經的事要做，我從來不花時間讀這類新聞。」

「真遺憾，我倒希望你讀過。」巴鬥主任溫和地說，「是這樣，伯吉斯小姐，他們四個人都堅持自己和已故的謝塔納先生只是萍水之交。但其中至少有一人和他的交情不一樣。我現在就是要把這個人找出來。」

伯吉斯小姐沒有答話。看來她對巴鬥主任的工作並不感興趣，她不過是奉雇主之命坐在這兒聽他說話，回答與工作有關的問題。

巴鬥主任發現再這樣有一搭沒一搭地問下去會更吃力，但是他仍然很有毅力。

「伯吉斯小姐，你體會不到做我們這一行的苦處。各種各樣的流言蜚語，即使我們不信也不能束之高閣。我並不是對女人有成見，但是有些女人一激動起來就管不住自己的舌頭。

她們東拉西扯，捕風捉影地把一些有關無關的事聯繫起來……」

「你是說有人中傷羅伯茨醫生？」伯吉斯小姐問道。

巴門主任小心翼翼地說：「也不是什麼具體的事，不過我也不能等閒視之。就是些醫療事故什麼的。當然，多半是些無聊的閒話。拿這些事來打擾你們真不好意思。」

「一定是格雷夫斯太太那件事！」伯吉斯小姐憤怒地說，「這些人亂嚼舌根真是有失體面。有好多老太太總是疑心別人要暗算她們。親戚、朋友、傭人，她們是一個也不相信，甚至連醫生也懷疑。格雷夫斯太太就是換了三個醫生之後才來找羅伯茨醫生的。後來她又對他產生同樣的妄想，她懷疑他要害她。他很高興後來她換去看李醫生，他說這種事也只能這樣解決。後來她又走馬燈似地找過斯蒂爾醫生、法默醫生等等，直到老死，可憐的老太太。」

「你想像不出，」巴門主任說，「一些最不起眼的枝枝節節如何演變成一個事件。病人臨終前送點小東西或分一份財產給醫生以示感謝，這本就是件很自然的事嘛——」

「一定是那些親戚。」伯吉斯小姐說，「沒有什麼比死亡更能暴露人性卑劣的一面了。亡者屍骨未寒，活人就已經開始為財產的事爭吵不已。好在羅伯茨醫生從來沒有遇過這種事。他不喜歡接受病人的遺贈。迄今為止，他總共才收下過兩根拐杖、一支金錶，還有五十英鎊。」

巴門主任嘆了口氣說：「是啊，做醫生這行也不容易，芝麻大的事都會鬧得滿城風雨。只要苗頭不對，醫生就得小心避免。這就意味著他隨時得保持機敏的態度才行。」

「你這話有道理。」伯吉斯小姐說，「醫生最怕碰到神經質的病人。」

「對極了，我也是這麼認為。特別是神經質的女病人。」

「你是說可怕的克拉多克夫人吧？」

巴門主任裝出一副回憶的樣子說：「讓我想想，是三年前吧？不，不止……」

「我想有四、五年了。克拉多克夫人心理不正常，當她後來終於出國的時候，別提我有多高興了，羅伯茨醫生也是。她對丈夫說了些可怕的謊言，但凡這種人都是如此。只是她可憐的丈夫徹底崩潰了，他開始生病，後來他是患炭疽病死的，你知道，他使用了受感染的刮鬍刀。」

「這一點我倒是給忘了。」巴門主任虛偽地說。

「克拉多克夫人出國後不久也死了。不過我始終認為她不是個正派女人——花癡，你知道我的意思。」

「我了解這種人，絕對沾染不得，特別是醫生，更是應該敬他們而遠之才行。咦，我聽說她是死在什麼地方？好像是……」

「她死在埃及，患敗血症死的，是當地的一種流行病。」

巴門主任不動聲色地轉了一個話題。「還有一件事也讓醫生為難。當他懷疑某個病人是中毒死亡時，他該怎麼辦呢？我想，除非是絕對有把握，否則他最好還是保持沉默。不過萬一事後傳出有問題，就太令人尷尬了。不知道羅伯茨醫生遇到這類事沒有？」

伯吉斯小姐想了一下說：「我想沒有吧，至少我沒聽說過。」

「要是用統計學來計算醫生的年平均死亡患者，我想一定會很有趣。比方說，你在這兒工作了……」

「七年。」

「好，七年。這期間一共死了多少病人？」

「很難一下子說清楚。」伯吉斯小姐想了一下說：「七個、八個——準確數字記不清。我想，自從執業以來，他總共不會超過三十個吧。」她已經完全解除了對巴鬥主任的敵意和戒心。

巴鬥主任和藹地說：「那我想，羅伯茨醫生的醫術一定比許多醫生高明。或許他的病人大多是有錢人吧？他們有錢照料自己。」

「羅伯茨醫生是很受病人歡迎，他的醫術很高明。」

巴鬥嘆口氣後，站起身來。「我想我離題太遠了，原本是要調查他和謝塔納先生之間的關係。你確定他不是醫生的病人？」

「十分肯定。」

「他會不會用別的名字來看病呢？」巴鬥主任說著，遞給了她一張照片。「你認識這個人嗎？」

「這個人的樣子真怪。不，我從來沒在這裡見過他。」

「好吧，就這樣了。」巴門嘆了一口氣。「請轉告羅伯茨醫生，我非常感謝他在各方面的合作。該輪到下一個了。再見，伯吉斯小姐，多謝你幫忙。」

他和她握手告別後，沿著大街往前走，從衣袋裡掏出一個記事本，在羅伯茨的名字下記下了幾句話：

格雷夫斯太太？不像。

克拉多克夫人？

無遺產。

沒有妻室（遺憾得很）。

調查病人的死因，棘手的事。

他闔上記事本，走進倫敦—西撒克斯銀行的蘭開斯特城門分行。出示證件後，他被領到經理室，和經理私下會晤。

「據我了解，羅伯茨醫生是你們的客戶？」

「是的，主任先生，他是我們的客戶。」

「不介意的話，我想查查他這幾年的帳目。」

「這沒問題。」

此後的半小時可謂是忙得天昏地暗。最後巴門主任嘆了口氣。趁經理沒注意，他悄悄藏起一張用鉛筆填寫的表格。

「有沒有找到你想要的東西？」經理好奇地問。

「沒有，什麼也沒有。不過我仍然要感謝你。」

§

與此同時，羅伯茨醫生正在診療室裡和伯吉斯小姐閒聊。他邊洗手邊回過頭問：「我們的呆頭偵探怎麼樣？沒有把這兒翻得亂七八糟？呃，他把你弄昏頭沒有？」

「怎麼可能呢？他別想從我這兒挖出什麼。」伯吉斯小姐說，雙唇撇得直直的。

「親愛的，用不著保密，我告訴過你回答他想知道的問題。對了，他都問了些什麼？」

「他認為你和這個什麼謝塔納先生很熟，還掏出照片來讓我辨認。他以為這位先生是用別名上這兒來看病的。噢，那張臉活像個假面具！」

「你是說謝塔納先生？是的，這人喜歡裝出一副現代梅菲斯特的樣子，墮落得可以。他還問了些什麼？」

「沒什麼大不了的事。除了——他提過格雷夫斯太太的傳言。看樣子也是聽來的。」

「格雷夫斯太太？哦，就是那個不停換醫生的老太太。真滑稽。」醫生覺得太好玩了，忍不住大笑起來。「真的是太滑稽了。」

羅伯茨醫生的心情好極了，他走進餐廳去吃午飯。

10 白羅拜訪羅伯茨醫生

巴門主任和白羅一起共進午餐，他看上去很沮喪，白羅竭力安慰他。

「這麼說，你今天上午的收穫不大？」他問道。

巴門主任搖搖頭說：「白羅先生，恐怕以後還會更加困難。」

「你對羅伯茨醫生的看法如何？」

「坦白說，我認為謝塔納是對的。羅伯茨的手一定沾過人血。這讓我想起一個叫維斯塔維的人，還有一個在諾福克郡當律師的傢伙，他們的態度同樣誠懇自信，同樣受人歡迎，但這兩個人都是笑面魔鬼——羅伯茨也是。倒不是說謝塔納一定是羅伯茨殺的，事實上，我更傾向於羅伯茨在這件事上是清白的。他必定很清楚這樣做的風險有多大——比外行人更清楚，萬一謝塔納被驚醒，大叫起來怎麼辦？不，我不認為他會用這種方式殺人。」

「可是你認為他殺過人？」

「也許還不止一個呢，就像那個維斯塔維一樣。不過很難找到證據。我查過他的銀行帳目，沒有突然的大筆進款，近幾年也沒有因病人死亡而得到過什麼遺產。實際上這已經排除了謀財害命的可能。他沒結過婚——真可惜，醫生殺妻真是易如反掌。他自己很有錢，他的病人也多是有錢人，所以他算得上財運亨通，事業興旺。」

「看來羅伯茨醫生是無懈可擊了，說不定真是這樣。」白羅說。

「也許吧，但我寧可往壞處想。」巴門主任說，「他好像曾和一個姓克拉多克的女病人傳出醜聞。我認為這值得調查一下，就派人去查明此事。這女人在埃及染上傳染病死了。所以，我想或許沒什麼蹊蹺，不過至少可以藉此了解他的品性。」

「這女人有丈夫嗎？」白羅問。

「有，患炭疽病死了。」

「炭疽病？」

「是的，幾年前市面上曾經出現過不少廉價刮鬍刀，有些感染了病菌，這事當時還鬧得沸沸揚揚。」

「這倒是個好機會。」

「我也是這麼想。如果她先生威脅要讓大家都不好過——我這全是瞎猜而已，一點證據也沒有。」

「打起精神來，老兄。我相信你很有耐心，你一定會找到許多證據，多得像蜈蚣腳。」

巴鬥主任咧嘴笑道：「想到要跟這麼多隻腳打交道，可別被絆倒才好。」接著他好奇地問道：「你呢，白羅先生？開始行動了？」

「我也打算去拜訪羅伯茨醫生。」

「一天之內去兩個人？這會嚇著他的。」

「沒關係，我會非常小心。再說，我也不會再問他過去的事。」

巴鬥好奇地問道：「那你打算了解些什麼？呃，要是為難，就當我沒問。」

「別這麼說——」白羅說，「我絕對願意告訴你。我想和他談談橋牌的事。」

「又是橋牌。白羅先生，你真是樂此不疲啊。」

「我覺得這個話題很有趣。」

「人真是各有所好。我就不擅長這種拐彎抹角的方法，這不合我的風格。」

「巴鬥先生，你是什麼樣的風格？」

巴鬥主任看白羅正對著他眨眼睛，於是也回眨了一下。

「我是個坦率、正直、熱忱、忠於職守的警官，用最腳踏實地的方式工作，這就是我的風格。不裝腔作勢，不投機取巧，誠誠實實地流汗，呆板，有點笨——這就是我的法寶。」

白羅舉起酒杯說：「來，為我們各自的方式乾杯——願我們的努力取得成果。」

巴鬥主任也舉起了酒杯。

「我希望雷斯上校能找到德斯派少校的資料，他有許多情報來源。」他說道。

「奧利薇夫人呢？」

「那就有點難說了。說實話，我倒是有幾分欣賞她，廢話不少，人卻很風趣。再說女人調查女人，還可以得到許多男人得不到的東西，說不定她還真能找點有用的消息呢。」

他們就此分手。巴鬥主任回蘇格蘭警場去安排下一步的行動；白羅趕往格洛斯特高台二〇〇號。

羅伯茨醫生起身迎接客人，他兩道眉毛誇張地往上一挑，開玩笑地說：「一天來了兩個偵探，我猜晚上就會有人帶著手銬來了。」

白羅笑了笑說：「羅伯茨醫生，我敢保證，我對你們四個一視同仁。」

「這真讓我感激不盡哩。你抽菸嗎？」

「謝謝了。我習慣抽自己的這一種。」

白羅從衣袋裡拿出自己的俄式小雪茄。

「好吧，有什麼要我幫忙的嗎？」羅伯茨問道。

白羅沉默了一會兒，慢慢地說：「羅伯茨醫生，你對人性的觀察還算敏銳吧？」

「大概吧。醫生都必須懂得這個。」

「好，我也是這麼想的。我對自己說，醫生得觀察病人。諸如病人的表情、氣色、呼吸的節奏以及心緒不寧的徵兆。久而久之，他們就養成了一種職業習慣，有時候甚至沒有意識到自己正在觀察別人。對，我可以去找羅伯茨醫生，他能幫助我。」

「我百分之百願意為你效勞。只是不知我能為你做些什麼？」

白羅從乾淨的衣袋裡，拿出三張仔細摺疊好的橋牌記分紙，他解釋道：「這是那天晚上前三盤的記錄。上面這張是梅雷迪小姐寫的。你能不能憑藉這些記錄回想每個人是怎樣叫牌的，以及每一盤的進展情況？當然，愈精確愈好。」

羅伯茨醫生驚訝得眼睛都睜大了。他說：「你不是在開玩笑吧，白羅先生？這怎麼想得起來？」

「試試看。要是你能幫我，我會十分感激。」白羅給他打氣道，「就拿第一盤來說吧，開頭一定叫的是紅心或者黑桃，不然就會有某一個人或某一方落敗五十點。」

「讓我想一想……這是第一盤，是的，這一盤叫的是黑桃。」

「第二盤呢？」

「是有人落敗了五十點，但想不起來是什麼牌了。白羅先生，這真讓我有點為難了。」

「每一盤的過程和叫的是什麼牌，你都想不起來了？」

「不，我記得我得過一次大滿貫，而且是賭倍的。那之後也慘栽過一次，打的是『九墩無王』。輸得可是不少。不過那是後來的事。」

「那一盤你是和誰搭檔？」

「洛里默夫人。我記得她當時的臉色鐵青，大概是埋怨我叫牌太高吧。」

「其他的都想不起來了？」

羅伯茨醫生大笑起來。

「親愛的白羅先生，我恐怕是無能為力了。畢竟是發生了一樁命案，所以就算拿過多美妙的牌，現在也都忘掉了；何況那之後我至少打過六次牌。」

白羅一臉沮喪。

「對不起，白羅先生。」羅伯茨說。

「沒關係。」白羅慢慢地說，「我希望你至少回憶得起一兩盤，這樣我們就能夠順水推舟地查出別的事來。」

「別的什麼？」

「比方說，同伴把簡單的無王牌打得一團糟，或者是對手錯過了一張明顯的牌，而讓你意外贏了兩墩……」

羅伯茨醫生突然認真起來了。他的坐姿稍微朝前傾了一點。

「呃，白羅先生，我懂你的意思了。對不起，剛才我還以為你是在瞎扯呢。你是說凶手成功地犯下謀殺案——有可能從牌路上看出凶手的心情變化？」

「完全正確。要是你們四個人都熟悉彼此的牌路就好了。某個人突然間遲鈍了，錯過了好機會，熟悉他的人一下子就能感覺出來。遺憾的是，你們都不熟，彼此之間不會有這種感應。不過，醫生先生，我認真地請你回憶一下那些特別沒章法的牌路和唐突的錯誤。」

有一兩分鐘的時間，他們誰也沒再說話。接著羅伯茨醫生搖了搖頭，他坦率地說：「對不起，我恐怕幫不了你，我什麼也記不起來了。還是那天晚上告訴你的那些，洛里默夫人牌技高超，從不失誤，她從頭到尾的表現都完美無缺。德斯派少校也打得很好，叫牌謹慎，從不逾越規則，屬於傳統型。梅雷迪小姐……」他遲疑了一下。

「嗯？梅雷迪小姐怎麼了？」白羅催促道。

「我記得她有過一兩次失誤。是在最後的那段時間裡。不過也許是因為經驗不足，要不就是有點累，我記得她的手好像有些發抖……」他停了下來。

「這大概是什麼時候的事？」

「我也不確定。我想她只是有點緊張吧，噢，白羅先生，你是在誘導我想像了。」

「真抱歉，羅伯茨醫生。不過還有一件事想請你幫忙。」

「是嗎？」

「是的，」白羅慢慢地說，「不過這個問題有點難答。要是我具體地逐一提問，就會讓你產生先入為主的印象，就等於在引導你回答，那麼這樣的回答也就毫無意義了。這樣吧，我換個方式問：你能不能憑記憶把玩牌的房間描述一下？」

羅伯茨醫生吃驚地看著白羅。

「描述那個房間？」

「麻煩你了。」

「噢，親愛的朋友，你這真是強人所難了。我該從哪兒說起呢？」

「任何地方都行。」

「好吧，讓我試試看。我記得房間裡有許多家具。」

「不，不，不。請說得具體些，拜託。」

羅伯茨醫生嘆了口氣。他開始模仿拍賣商的口氣開玩笑說道：「象牙色和綠色錦緞長沙發各一張，四至五張大椅子，八至九張波斯地毯，一套鍍金皇帝椅共十二張。瑪麗牌寫字檯一張（我覺得自己真像是拍賣商的職員），很美麗的中式櫥櫃一個。大鋼琴一架。還有別的家具，但我恐怕沒有注意到。六幅一流的日本版畫。五、六個漂亮的鼻菸盒。幾件舊銀器，我想是查理一世時代的東西吧。幾個日本象牙墜子，單獨放在一張桌子上。另外，牆上掛著一面鏡子，鏡子的上方又掛著兩幅中國畫。一兩件巴特西亞琺瑯……」

「太精采了！真是了不起。」白羅打斷他，由衷地讚嘆道。

「我記得還有兩隻英國陶製鳥兒，一座拉爾夫．伍德的塑像，幾件式樣複雜的銀製品，我判斷是東方來的，這方面我是外行。我想房間裡還有幾隻切爾西鳥。噢，牆上還有一個裝在盒子裡的小東西──相當精緻，我覺得啦。當然，一定還有一些別的什麼，只是我一下子想不起來了。」

「太好了！真是了不起。羅伯茨先生，你有一雙觀察家的銳眼。」白羅衷心佩服地說。

羅伯茨醫生好奇地問：「我提到你想問的東西沒有？」

「妙就妙在這兒。」白羅說，「要是你提到我心裡想的東西，那準會嚇我一跳呢。果然如我所料，你不可能提到。」

「為什麼？」

白羅眨眨眼睛。

「也許，也許是因為它不在那裡。」

羅伯茨醫生的眼睛一下子瞪圓了。

「這讓我想起了……」

「夏洛克．福爾摩斯，對嗎？夜裡狗沒有叫，其中一定有詐！啊，人有時難免會偷學別人的技藝。」

「白羅先生，你真讓我有點摸不著頭緒了。」

「那可就太妙了。告訴你一個小祕密，我常常就是這樣得到一些小小的收穫。」

羅伯茨醫生還是不明白。白羅一邊站起身，一邊面帶笑容地說：「有一點你可以確信，你的話對我走訪下一位有很大幫助。」

羅伯茨醫生也站起身來，他說：「是不是這樣我不清楚，但我寧可相信你的話。」

兩人握手告別。

白羅走下醫生家的台階，叫了一輛計程車，他對司機說：「切恩路一一一號。」

11 洛里默夫人

切恩路一一一號是幢小巧玲瓏的房子，坐落在一條靜謐的街道上，大門漆得黑亮黑亮，與刻意刷白的台階形成鮮明的對照，黃銅門柄在午後的陽光下熠熠發亮。

一個戴著小圓帽、圍著圍裙的老女傭把門打開。她回答白羅說女主人在家，並領著他走上窄窄的樓梯。

「請問先生尊姓大名。」

「赫丘勒·白羅。」

他被請進客廳。這是一間普通的「L」型房間，白羅環顧四周，觀察細節。上等的舊式家具擦拭得亮光光的，椅子和長沙發都套著亮麗的印花棉布，沙發附近的牆上掛著式樣很老的銀相框。這個房間很大，光線充足，高大的花缽中種著漂亮的菊花。

洛里默夫人走上前來迎接客人，對他的來訪沒有顯出吃驚的樣子。握過手後，她請白羅坐下，自己也坐在一張椅子上，然後愉快地聊起天氣。

話題中斷了一陣子。

「夫人，」白羅說，「希望你能原諒我的貿然打擾。」

洛里默夫人看著白羅說：「你今天來造訪，是出於職業因素？」

「我承認。」

「白羅先生，恕我冒昧，回答巴鬥主任的問題於我是責無旁貸的事。但我沒有義務為非官方調查效勞。這一點你明白吧？」

「我明白，夫人，我深知這個事實。如果你趕我走，我將毫無怨言地離開這個房間。」

洛里默夫人輕輕一笑說：「沒那麼嚴重，白羅先生。我可以給你十分鐘時間，十分鐘後我要出門去打橋牌。」

「十分鐘足夠了。夫人，我只想請你大致回憶那天晚上打橋牌的房間——也就是謝塔納先生遭到殺害的房間。」

洛里默夫人雙眉往上一挑說：「真是個特別的問題。不過我看不出有何意義。」

「夫人，若有人在打牌的時候問你『為什麼打A』，或者『為什麼要用Q來吃J，而不用K，這樣就能贏一墩』。我想，要解釋這類問題，答案一定會很冗長。」

洛里默夫人又笑了。

「你是說各人有各人的行道，而在這一場遊戲中你是老手，我是生手。很好。」她想了一會兒說：「我記得房間很大，東西也很多。」

「能說得更仔細、更具體些嗎？」

「有一些現代派風格的玻璃花，很漂亮；另外還有幾張不知是中國還是日本的畫；房間裡有一大缽紅色的小鬱金香，現在開花好像早了些。」

「別的呢？」

「我恐怕沒有注意到太多東西。」

「家具，還想得起是哪種質感嗎？」

「我想是絲質的。我就只知道這些了。」

「你留意過什麼小物件嗎？」

「恐怕沒有，東西太多了，只覺得那個房間像個收藏室。」

他們停了一會兒沒有說話，接著洛里默夫人略帶歉意地微笑說：「白羅先生，看來我幫不了你什麼忙。」

「還有別的事。」白羅說著，拿出那幾張計分表。「這是頭三盤的記分，不知你能不能看著這些紙，回憶起打牌的過程？」

「讓我看看。」洛里默夫人一下子來勁了。她接過計分表，仔細研究起來。「看，這是第一輪。我和梅雷迪小姐搭檔對抗羅伯茨醫生和德斯派少校。叫的牌是十墩黑桃。我們打成了，還多贏了一墩。第二輪叫到八墩方塊就結束了。這一輪羅伯茨醫生輸了一墩。第三輪叫牌的人很多。梅雷迪小姐派司，少校叫七墩紅心，我派司。羅伯茨醫生突然改叫九墩梅花，梅雷迪小姐緊跟著叫九墩黑桃。少校叫十墩方塊後，我賭倍。羅伯茨醫生又叫十墩紅心，結果他們輸了一墩。」

「好驚人！」白羅喝起采來，「夫人，你的記性真是太好了。」

洛里默夫人沒搭理他，繼續對著計分表往下說：「接下來是第四輪。少校沒有叫牌。我叫無王。羅伯茨醫生叫九墩紅心。梅雷迪小姐不叫。少校替羅伯茨醫生叫十墩，我賭倍。他們輸了兩墩。然後我發牌，我們叫十墩黑桃。」

她拿起第二張計分表。

「這一張就有點看不懂了。」白羅說，「德斯派少校邊記邊畫掉前面的分數。」

「我想開始雙方各輸了五十分，後來羅伯茨醫生叫十一墩方塊，我們加倍，讓他輸了三墩。然後我們叫九墩梅花，對方馬上叫十墩黑桃成局。第二輪我們叫十一墩梅花，輸了一百分。對方叫七墩紅心，我們叫八墩無王。最後我們叫十墩梅花，贏了這一輪。」

她拿起第三張計分表。

「我記得這一盤很精采。開始很平淡。德斯派少校和安妮·梅雷迪小姐搭檔對抗羅伯茨醫生和我。他們叫七墩紅心，我們試著增叫十墩紅心和十墩黑桃，結果連輸了兩個五十分。他們以黑桃成局，擋都擋不住。那之後我們又連輸三手，幸好沒有賭倍。第二輪我們以無王牌取勝。

「第三輪我和羅伯茨醫生搭檔，可謂是驚險壯觀。雙方輪流輪牌。羅伯茨醫生的牌叫得過高。雖然他慘敗過一兩次，但還是值得，梅雷迪小姐有幾次都被他嚇得不敢再叫了。後來他又別出心裁地叫了一個八墩黑桃，我給他九墩方塊，他叫十墩無王，我叫十一墩黑桃，他突然一下子叫十三墩方塊，我們當然賭倍了。他這樣叫真沒道理，但是出乎意料地我們打成了。當我看他攤開牌時，絕對沒有想到我們會贏，要是對方叫紅心，我們必輸三墩，但是他們出梅花K。真是僥倖。」

「Je crois bien[12]。大滿貫賭倍，太刺激了。我承認我從沒膽量叫大滿貫，我只要能成局就滿足了。」

洛里默夫人神采飛揚地說：「噢，你不該這麼保守，該盡力爭取。」

「你是說要敢於冒險？」

「牌叫對了，就根本不存在什麼冒險，這是無庸置疑的。不幸的是，牌叫得好的人並不多，他們開始時還知道怎麼叫，後來就糊塗了。他們不確定這張牌是會贏分呢，還是僅僅不會丟分。噢，我不該給你上橋牌課，白羅先生。」

「夫人，我相信這對增長我的牌技大有好處。」

洛里默夫人又開始研讀計分表。

「在那一陣興奮之後，接下來的幾輪就很平淡了。你有沒有帶第四盤的計分表來？對，你看，雙方不相上下，誰都不能得分。」

「一個晚上下來，往往就是這樣。」

「是的，開局平淡，然後慢慢激烈起來。」

白羅收起計分紙，站起身來稍稍一鞠躬說：「夫人，真令人不得不稱讚。你記牌的能力確實驚人。可以說，你記得打過的任何一張牌。」

「我相信這麼說並不誇張。」

「善記是個難得的天賦。記憶好的人，往事就不算往事了。夫人，我猜舊事會經常在你心中出現，歷歷在目，猶如昨天才發生的一樣，是嗎？」

她飛快地瞥了他一眼，眸子又大又深，而轉瞬間她又恢復了世故的表情。但是白羅已十分肯定，這一下擊中了她的要害。

洛里默夫人站起身來。

「我想我得走了。真抱歉，但是我確實不能遲到。」

「當然不能，當然不能。抱歉占用了你這麼長的時間。」

「遺憾的是我幫不了你更多的忙。」

「你已經幫得夠多了。」白羅說。

12　法語，意思是「我相信如此」。

「我倒不覺得。」她的口氣聽上去很堅定。

「真的，你說了一些我想知道的事。」

她沒有問是什麼事。

白羅朝她伸出手說：「夫人，謝謝你的海涵。」

她一面跟他握手一面說：「白羅先生，你真是個特別的人。」

「上帝把我造成什麼樣子，我就是什麼樣子。」

「我們都是這樣。」

「那倒不一定。有些人就想改變上帝的意志，比方說謝塔納先生。」

「你這是什麼意思？」

「他對珍品和古董有很高的鑑賞力，他應該知足才對，但是他還要搜集別的東西。」

「別的東西？」

「是的，應該說是駭人聽聞的事件吧。」

「你不認為這就是基於他的個性？」

白羅嚴肅地搖搖頭說：「他扮演魔鬼扮得過分成功了。但他算不上魔鬼，他是個傻瓜，所以才送掉性命。」

「他被人殺死是因為他傻？」

「夫人，這是一種永遠不會被饒恕、永遠該受懲罰的罪孽。」

他們都不再說話。過了一會兒，白羅才又說：「夫人，我該告辭了，再次謝謝你的和藹友善。除非你邀請我，否則我不會再來了。」

她的雙眉往上一挑說：「噢，白羅先生，我為什麼要邀請你？」

「你會的，這只是一種想法。記住，如果你需要我，我一定會來。」

他又鞠了一次躬，走出洛里默夫人的客廳。

走在街上，他自言自語地說：「我是對的……我相信我沒有搞錯……一定是這樣！」

12 梅雷迪小姐的第一位客人

奧利薇夫人正費勁地從她的小駕駛座往外邁出一條腿。有兩個原因使她的行動不能自如：其一，製造商設計出來的這種新潮雙人小轎車，它的方向盤下方，只容得下兩條纖細的秀腿，時下又流行低座位，所以一個體態豐腴的中年婦女要下車，就只得使勁扭動身子才行了。其二，她旁邊的那個座位上散亂地堆放著幾張地圖、一個手提袋、三本小說和一大袋蘋果。奧利薇夫人特別喜歡吃蘋果，據說她在構思《排水管中的死屍》時，曾一口氣吃下五磅蘋果，直到一小時十分鐘後，一陣劇烈的胃痛才使她從思路中回過神來，這時早就錯過了特別為她舉行的一個重要午餐會。

她使勁地抬起膝蓋，頂開了車門，一條腿猛地踩上溫登別墅外面的人行道，蘋果核滾得到處都是。

她深深地吸了一口氣，將頭上的鄉村帽往後輕輕推了推，如今這種戴法已經不流行了。

她又用滿意的眼光打量一下身上那條沒忘記披上的斜紋軟呢圍巾，突然間，她發現由於心不在焉，竟忘記換下在倫敦穿的高跟漆皮鞋，忍不住皺了皺眉頭。她推開溫登別墅的大門，穿過石板小徑來到房門前，摁過門鈴後，又興致勃勃地輕輕叩響門環。門環的樣子很古怪，像個蟾蜍頭。

房間裡沒有回聲，她又摁了一遍鈴。

又等了一分半鐘，還是沒有人來開門。奧利薇夫人便繞到屋子周圍去看看。

別墅的後面有個舊式花園，裡面種著許多紫菀，其中還夾雜著一些菊花。花園的外面是一片田野，稍遠之處有一條小河流過，陽光下碧水粼粼。對於十月的天氣來說，今天算是相當暖和的了。

兩個女孩正穿過田野朝著別墅走來，才剛走到花園門邊，走在前面的那個女孩戛然止住腳步。

奧利薇夫人迎上前去。

「你好，安妮．梅雷迪小姐。還記得我嗎？」

「哦，哦，當然。」梅雷迪小姐匆匆朝客人伸出手去，一雙眼睛睜得很大。不過她很快恢復了常態。

「這位是蘿達．道斯小姐，我們現在住一起。」她說，「蘿達，這位是奧利薇夫人。」

那位小姐個子高高的，膚色有點深，看上去很有活力。她很興奮地說：「噢，你就是奧利薇夫人？阿蕊登．奧利薇夫人？」

「是的。」奧利薇夫人又轉向安妮．梅雷迪小姐。「親愛的，我們最好找地方坐下來，我有話要和你談。」

「沒問題，我們正要喝下午茶——」

「茶可以待會再喝。」

安妮．梅雷迪小姐在前面領路，她在花園的某一處停下來，那兒放著幾張荒廢的帆布椅和柳條椅。奧利薇夫人挑選了外觀最結實的一張坐了下來，對於單薄輕巧的夏季涼椅，她可是有過多次尷尬的經驗。

「嗯，孩子，」她輕快地說，「我想我們還是開門見山的好。對於那天晚上的謀殺案，我們不能袖手旁觀，我們得做點什麼才行。」

「做點什麼？」安妮問道。

「哦，」奧利薇夫人說，「我不知道你是怎麼看的，但是我很確定凶手就是那個醫生。他姓什麼？對了，羅伯茨，威爾斯人的姓氏。我從來不信任威爾斯人。以前我有過一個護士就是威爾斯人，有一次她帶我到哈羅蓋特，竟把我給忘在那兒就自己回家了。真的，威爾斯人不可相信。好了，別在這位護士身上花時間了，羅伯茨醫生才是我們的目標。我們得聯手證明他有罪。」

蘿達．道斯小姐突然大笑起來，紅暈湧上臉頰。

「對不起，奧利薇夫人，你——你和我想像中的很不一樣。」

「有點讓你失望，對不對？」奧利薇夫人平靜地說，「沒關係，我習慣了。我們的當務之急，是找出羅伯茨醫生的犯罪證據。」

「怎麼找呢？」安妮．梅雷迪小姐問道。

「噢，別這麼垂頭喪氣的，安妮。」蘿達．道斯小姐說，「我認為奧利薇夫人很厲害，她知道該怎麼做。她會像史文．赫森一樣達到目的。」

奧利薇夫人聽到這女孩提起她筆下的芬蘭偵探，不禁有點發窘。她稍微紅著臉說：「親愛的，這事非做不可。我告訴你為什麼。孩子，你不希望背上謀殺罪的嫌疑吧？」

梅雷迪小姐面露慍色。她反問道：「為什麼他們會這麼想？」

「你知道人都是這樣！在找出那唯一的一個之前，三個清白的得陪著受罪。」

「我還是不明白，你為什麼單單來找我呢，奧利薇夫人？」

「因為我覺得對另外兩個人的影響不大。洛里默夫人成天泡在俱樂部的橋牌桌上，這種人是鐵甲鋼筋做的，什麼事都頂得住。何況她老了，就是受到懷疑也無所謂。女孩子就不同了，你的日子還長著呢。」

「那麼，德斯派少校呢？」

「呸，他是個男人。」奧利薇夫人說，「我從來不為男人操心，他們會照顧好自己，照顧得可好咧。再說德斯派少校天生喜歡冒險，你以為他的興趣會是在家裡，而不是在伊洛瓦底江[13]或林波波河[14]什麼的嗎？那些黃澄澄的非洲河流才會令這種男人如癡如醉。不，我犯不著為那兩個人操心。」

梅雷迪小姐緩慢地說：「你真是個好人。」

「這件事真殘忍。」蘿達．道斯插嘴道，「安妮都快要崩潰了，她可是相當敏感。奧利薇夫人，我想你是對的，坐等不如行動。」

「對！」奧利薇夫人說，「老實告訴你們，我從沒有碰過真正的命案。再者，其實我並不認為真正的謀殺案對我的偵探小說有多大用處，我已習慣虛構情節，我想你們應該懂我的意思。只不過我不願撒手讓那三個男人獨享辦案的樂趣。我一向主張，如果蘇格蘭警場的主管是女人……」

「哦？」蘿達．道斯小姐身子朝前一傾，嘴巴張得老大。她吃驚地問道：「要是你是蘇格蘭警場的主管，你打算怎麼辦？」

「立刻緝拿羅伯茨醫生歸案——」奧利薇夫人果斷地說。

「是嗎？」蘿達．道斯小姐說。

「不過，我畢竟不是那兒的主管。」奧利薇夫人沒再繼續發表偏激的言論，「我只是一介平民——」

「噢，你才不是呢！」蘿達．道斯小姐起鬨地恭維道。

「總之，」奧利薇夫人說，「我們三個都是平民，而且是三個女人。讓我們同心協力，看看三個腦袋湊在一起能不能做些什麼。」

安妮．梅雷迪小姐若有所思地點點頭，問道：「你斷定是羅伯茨醫生，有什麼根據？」

「他就是那種人！」奧利薇夫人斷然回答。

「難道你認為，儘管……」安妮猶豫地說，「醫生會不會……我是說，用毒藥之類的東西，對他而言豈不是更方便？」

「恰好相反。只要是毒殺案——因任何一種藥物致死，醫生必然會首當其衝受到懷疑。你知道，行駛在倫敦的那些汽車上，經常載有成箱的有毒藥品，明擺著要讓人偷走。正因為他是醫生，他一定會格外小心地不使用毒藥。」

「我明白了。」安妮仍然是半信半疑。「那麼他為什麼要殺死謝塔納先生呢？你有什麼想法？」

「想法？想法多著啦，難就難在這兒。其實這永遠是我的困難所在。」奧利薇夫人說，「我從來不會只構思一個情節，我總是至少想出五個以上，要決定用哪一個真是痛苦。我能為這樁謀殺案找出六個頗具說服力的動機，問題是，我無法確定哪一個才是正確的。首先我

13 伊洛瓦底江（Irrawaddy River），緬甸第一大河。
14 林波波河（Limpopo），非洲東南部的河流，是注入印度洋的第二大河。

們假設謝塔納是個放高利貸者，他看上去確有那類人的油滑和殘忍。羅伯茨醫生被他逮住了，沒錢還債就動了殺人的念頭。但也不排除謝塔納曾經傷害過他的女兒或姐妹什麼的。也許羅伯茨重婚被謝塔納知道了。也許羅伯茨娶了謝塔納的表妹，想藉由婚姻來繼承財產。也許……嗯，我說了多少個了？」

「四個。」蘿達說。

「好，接下來的就真的是很妙了——說不定謝塔納掌握了羅伯茨過去的某項祕密。親愛的梅雷迪小姐，你大概沒有留意，但是在餐桌上，謝塔納先生確實說過一些怪裡怪氣的話，而且還更加古怪地打住了話頭。」

梅雷迪小姐彎下身子去逗弄腳邊的一條毛蟲，她回答道：「哦，我記不得了。」

「是關於……怎麼說來著？對了，是關於意外事故和毒藥什麼的。想起來了嗎？」

梅雷迪小姐直起腰來，她的左手緊按著柳條椅的編花扶手。

「是的，我想起來了。」她淡淡地說，「他是說過類似的話。」

蘿達突然叫起來：「親愛的，你該披件外套，現在可不是夏天了。去披件衣服吧。」

「不用，我很暖和。」安妮搖搖頭說。

但是她的聲音有點兒發顫。

奧利薇夫人繼續說：「你明白我的意思了吧？我敢斷言，羅伯茨醫生的某個病人曾經誤服過毒藥，不過當然，這是醫生刻意設計的。說不定因此而命歸黃泉的還不止一個。」

安妮的臉頰突然湧出紅暈，她說：「醫生會常常想毒死病人嗎？這樣不會對自己的事業造成不良影響嗎？」

「當然也得有一定的原因。」奧利薇夫人含含糊糊地說。

「荒唐，」安妮．梅雷迪小姐俐落地說，「完全是荒唐的誇張想像。」

「噢，安妮！」

蘿達小姐有點歉意地看著奧利薇夫人，那雙長得很像長耳犬的眼睛似乎在說「對不起，請原諒」。她認真地說：「奧利薇夫人，我認為你的想法妙極了。確實，醫生是有可能掌握一些別人的祕密。」

「啊！」

安妮．梅雷迪小姐突然驚叫一聲。蘿達．道斯小姐和奧利薇夫人同時轉身看她。

「我想起另外一件事。」她說，「謝塔納先生在餐桌上曾經暗示過，醫生在實驗室常有機可乘。這話想起來一定是意有所指。」

奧利薇夫人說：「這話不是謝塔納說的，是德斯派少校。」

花園的小徑上傳來一陣腳步聲，奧利薇夫人轉過頭去。

「喲，說曹操曹操到。」

德斯派少校正繞過屋角走過來。

13 梅雷迪小姐的第二位客人

德斯派少校停住腳步，吃驚地看著奧利薇夫人，棕褐色的臉龐霍地變成深紅磚色。顯然他沒有料到會在這兒碰到奧利薇夫人。

他朝安妮．梅雷迪小姐走過去。

「對不起，安妮．梅雷迪小姐，我一直在摁鈴，沒人回應，我就自己進來了。我有事從這兒經過，心想不妨順路來看看你。」

「真抱歉，沒有聽見你摁鈴，我們沒有女傭，只有一個老婦人早上來幫幫忙。」

梅雷迪小姐對他說，她把他介紹給蘿達．道斯小姐。後者生氣勃勃地說：「我建議大家進去一塊兒喝午茶，天涼下來了，還是屋裡舒服些。」

賓主一起進屋後，蘿達就忙著到廚房去準備茶點。

奧利薇夫人對德斯派少校說：「太巧了，我們全都在這兒碰面。」

「是的，」少校慢慢回答道。他若有所思地看著她，像是在揣度她的來意。

「我正在說服梅雷迪小姐。」奧利薇夫人非常投入地說，「我對她說，我們得擬出一個作戰計畫。我是說謝塔納的事。我敢肯定，凶手非羅伯茨醫生莫屬。你說呢？」

「事情未見分曉，我可不敢亂下結論。」

奧利薇夫人看了他一眼，好像是在說：「看，男人就是這個樣！」

一時間誰也沒再說話。奧利薇夫人感覺出氣氛有點不對。正巧這時蘿達‧道斯小姐端著茶點走進來，她就起身說自己有事要告辭先走了。她對主人的熱情挽留表示感謝，又對不能品嘗她們的午茶表示遺憾。她對安妮說：「親愛的，我留下一張名片，上面有我的地址。歡迎你進城時上我家來做客。我們也可以再討論討論，看有什麼妙計可弄清真相。」

「我送你到門口。」蘿達‧道斯小姐說。

她們穿過小徑朝大門走去時，安妮‧梅雷迪小姐從屋裡跑出來追上了她們，蒼白的臉上神色異常堅定。

「奧利薇夫人，我考慮過了。」她說。

「是嗎，親愛的梅雷迪小姐？」

「奧利薇夫人，你為我這麼費心，我真是感激不盡。但是說真的，我一點也不想再過問這事，太可怕了！我寧可把它忘掉。」

「問題是，親愛的孩子，這不是你想不想的問題啊。」

「我知道警方會來調查，他們會對每一個人追根究柢。實際上我已做了充分的心理準備，但是私底下我一點也不想再為這事傷腦筋了，不管用哪種方式。我知道自己生性懦弱。總之，我不想再過問這事了。」

「噢，安妮！」道斯小姐嚷了起來。

「我理解你的心情。」奧利薇夫人說，「不過我不敢肯定你這樣做是否明智。你把這事一古腦兒地推卸給警察，也許他們永遠找不出真相。」

安妮·梅雷迪小姐聳聳肩膀說：「那又有什麼關係呢？」

「什麼關係？當然有關係！」道斯小姐高聲說，「而且還關係重大。奧利薇夫人，對不對？」

「沒錯。」奧利薇夫人淡然說道。

「我不這麼認為。」梅雷迪小姐堅持己見。「認識我的人都不可能相信我會殺人。我不認為我有必要捲進去。還是讓警方去管吧。」

「安妮，你不該這麼心灰意懶的。」蘿達說。

「這就是我的感覺。」安妮·梅雷迪小姐朝奧利薇夫人伸出手。「謝謝你的關心，奧利薇夫人。你特地跑這麼一趟，真是個好心人。」

奧利薇夫人和顏悅色地說：「沒關係，梅雷迪小姐。你有你的看法，我不能勉強你。但我是不會坐視不管的。再見，孩子，要是你改變主意的話，請到倫敦來找我。」

她鑽進雙人小車，發動引擎，微笑著向兩位小姐揮了揮手。

蘿達．道斯小姐突然朝緩緩發動的汽車衝去，跳上車後她急促地問道：「你說歡迎上你那兒去，是單指安妮呢，還是也包括我？」

「當然是你們兩個了。」奧利薇夫人回答道，她趕緊踩煞車。

「不用停車，我可以跳下去的。謝謝你的邀請，奧利薇夫人。不，真的不用停車。有件事……我可能真的會上你那兒去。不，別停車，我可以跳下去。」

道斯小姐真的從開動的汽車上面跳下來。她朝奧利薇夫人揮揮手，轉身跑回門邊，梅雷迪小姐還站在那兒。

「你這是幹嘛？」梅雷迪小姐問道。

「噢，安妮，她真是很有魅力。」蘿達熱情地說，「我真的很喜歡她。你注意到沒有，她的襪子不成雙。她寫過那麼多書，這種人一定聰明絕頂。要是警察和其他人都沒有辦法，兇手卻真的讓她給找出來了，那會多麼有趣啊！」

「她為什麼要上這兒來呢？」安妮問道。

蘿達吃驚地睜大雙眼，不解地說：「親愛的，她告訴過你啦——」

安妮不耐煩地一揮手，似乎要趕走什麼。她說：「我們得進去了，我都忘了屋裡還有一位客人。」

「德斯派少校？噢，他長得真帥，不是嗎？」

「我想是吧。」

她們一起朝屋裡走去。

德斯派少校端著杯子站在壁爐旁。他打斷安妮因為把他一個人撇在屋裡的道歉，說道：「安妮．梅雷迪小姐，我倒是想解釋一下貿然打擾的原因。」

「是嗎？但是……」

「我剛才說是順路經過，其實並不完全對，我是特意來的。」

「你怎麼知道我住在這兒？」梅雷迪小姐緩緩問道。

「巴鬥主任告訴我的。」

他發覺她不禁輕輕打了一個冷顫，就趕快解釋道：「我在派汀頓遇見他，他正準備乘火車上這兒來。我是開車來的，我想這會比火車先到。」

「但你這是為什麼呢？」

少校猶豫了一下。「我也許是自作多情吧，我總覺得你有點——怎麼說呢？有點『孤零零』。」

「她有我啊！」蘿達說。

少校飛快地瞥了倚著壁爐專心聽他講話的蘿達一眼，很欣賞她的豪俠氣度。他覺得兩個性格不同的小姐都很可愛。

「當然，蘿達．道斯小姐，你一定很可靠。」他彬彬有禮地說，「不過我覺得在特殊情況下，多一個朋友提出忠告也不是壞事，特別是見多識廣的朋友。實際上，現在梅雷迪小姐被懷疑涉嫌謀殺，而我和昨夜另外兩位同處一室的朋友也有嫌疑。這實在令人頭痛。我們都得面對困難和危險，而其中的詭譎不是一個不諳世事的女孩能夠應付的。我建議梅雷迪小姐最好是請一位好律師。也許你已經請了？」

安妮・梅雷迪小姐搖搖頭說：「我從來沒想過要請律師。」

「果然不出我所料。那麼，有什麼人選嗎？我是說高明的倫敦律師？」

安妮又搖搖頭。

「我從來不需要律師。」

蘿達・道斯小姐說：「我們倒是認識一位叫伯里的律師，不過他已是耄耋之年，昏朽不堪了，大概有一百零二歲吧。」

「梅雷迪小姐，要是你允許的話，我願意向你推薦我的律師米爾尼先生。他的事務所叫『皮爾－雅各布斯律師事務所』。那兒的人都是一流專家，深諳各種訣竅。」

安妮的面孔更加蒼白了。她坐下來。

「真有這個必要？」她低聲問道。

「應該說，絕對有這個必要。法律上的陷阱太多了。」

「這些人收費一定很高吧？」

「安妮，這個問題不用考慮。」蘿達說。她又轉向德斯派少校：「你的話很有道理，重要的是安妮應該受到保護。」

德斯派少校說：「他們的收費是很合理的。真的，請個律師是明智之舉。」

「好吧，既然你們都這麼說，我就聽你們的吧。」安妮慢慢地說。

「好。」

「德斯派少校，你真好，真的是太好了。」蘿達感動地說。

安妮也說：「謝謝你，少校先生。」她遲疑了一下，問道：「你剛才說巴門主任要上這兒來？」

「嗯，不過你不用害怕，這是例行公事，不可避免的。」

「這個我知道。實際上我一直在等他來。」

蘿達衝動地說：「可憐的安妮，這事幾乎是要她的命。太可恥，太不公平了。」

「我也是這麼認為。把一個涉世未深的女孩硬捲進去，真有點殘酷。如果有人要拿刀子捅謝塔納，他應該另擇時間、地點才對。」

「你認為是誰下手的？羅伯茨醫生還是洛里默夫人？」蘿達問。

德斯派少校輕輕一笑，他的髭鬚微微顫抖了一下。

「說不定是我殺的呢。」

「噢，」蘿達嚷道，「不！安妮和我都知道你與這事無關。」

少校親切地看著兩位小姐。

真是兩個天真的小女孩，對人熱情又信賴。梅雷迪小姐膽小怕事，不過用不著擔心，米爾尼律師會幫她度過難關的。蘿達小姐看起來鬥志高昂，不知道要是和好友易地而處的話，會不會也像安妮一樣害怕。可愛的女孩，他想對她們多有幾分了解。

思緒一一掠過他的腦海，他說：「道斯小姐，凡事不可想當然耳。我不像大多數人那樣把人命看得很重，比如對路邊的屍體大驚小怪。其實生命永遠處於未知的危險之中，交通事故、細菌感染以及各種防不勝防的災禍，哪種死法都是死。我認為一旦開始戒慎恐懼，事事『安全第一』，人活著也就等於死了一樣。」

「噢，我太同意你了！」蘿達興奮地說：「人不應該懼怕冒險——當然，要是碰上了的話。遺憾的是，生命總是一成不變的。」

「總會有精采的時候。」少校笑著說。

「對你來說是這樣。你深入叢林荒野，被老虎抓傷，射殺野獸，沙蚤鑽進腳趾，被昆蟲叮得遍身長瘡，這些事令人難受，但是我敢說很刺激。」

「唉呀，梅雷迪小姐不也體會過了？」少校說，「我想命案發生時正巧在場的機會並不會很多——」

「哦，別提這事了。」安妮高聲說。

「對不起。」少校趕快道歉。

蘿達嘆了口氣說：「這種事雖然可怕，卻也很刺激！可惜安妮沒有體會到這一面，奧利薇夫人就興奮得很呢。」

「夫人——就是你那位創造了一個芬蘭怪偵探的胖朋友？這位夫人是不是想在真正的刑事案件中試試身手？」

「她倒真是躍躍欲試。」

「讓我們祝她好運吧。要是有一天她能夠讓讀者接受『巴鬥主任公司』，那才真是有趣呢。」

「巴鬥主任是什麼樣的人？」蘿達好奇地問。

「敏銳能幹，精力超人。」少校認真的回答。

「是嗎？安妮說他看來很笨。」

「我想那只是他的職業表情吧。不過我們可千萬別誤以為他真的是個傻瓜。」德斯派少校站起身來，對兩位小姐說：「我該告辭了。不過我還有一句話要說。」

安妮也站起身來。她邊朝少校伸出手邊說：「什麼話？」

少校握住她的手，他看著那雙又大又美的灰眼睛，猶豫了一下，小心翼翼選擇著字眼說：「梅雷迪小姐，要是我的話冒犯了你，你千萬別生氣。如果你不願交代你與謝塔納結識的過程，那絕對是情有可原的。果真如此——請別生氣，」他感覺到那雙手往後縮了一下，就趕快解釋道：「我是說，你有權利拒絕回答巴鬥主任的任何問題，除非你的律師在場。」

安妮縮回她的手，兩眼睜得老大，灰眸子因憤怒而顯得發黑。

「我沒有什麼，什麼……我幾乎不認識那個糟糕透頂的人。」

「對不起。」德斯派少校說，「我只是認為應該提醒你一下。」

「安妮說的是實話。她和他不熟，她不喜歡他這個人。只不過他的宴會一向很誘人。」蘿達說。

少校嘴一咧笑起來。

「這大概算得上是故謝塔納先生存在的唯一理由了。」

安妮冷靜地說：「巴鬥主任想問什麼都可以，我沒什麼好隱瞞的，什麼也沒有。」

少校的聲音更加柔和，他低聲說：「對不起，請原諒我的冒昧。」

她看著他，不再那麼生氣了，臉上露出甜甜的微笑。

「沒什麼，你也是好心。」

她又朝他伸出手去，他握住她的手說：「我們同在一艘船上，應該同舟共濟才是。」

安妮把他送到大門就回來了。蘿達正出神地對著窗外吹口哨。當安妮進門的時候，她回頭張望。

「安妮，他真有魅力。」

「他是很親切，不是嗎？」

「何止是親切，說實話，我都快被他迷住了。唉，參加那個倒楣宴會的為什麼不是我？我百分之百會喜歡這種刺激。啊！一張大網正向你籠罩過來，身後是一片刑台的陰影。」

「不，蘿達，你不會喜歡的，真是胡扯。」安妮對她挖苦道。隨後聲音變得柔和些。「真有點讓人感動，他這麼老遠趕來，就為了一個陌生人，一個只見過一面的女孩。」

「他這是墜入情網了，一眼就看得出來。男人是不會無緣無故做善事的。你要是天生一對斜眼，或者滿臉長著痘子，他絕不會這麼老遠跑來關心你。」

「你以為是這樣？」

「當然，你這個天真的傻瓜。你知道嗎，奧利薇夫人才真是胸懷坦蕩。」

「我不喜歡她。」安妮衝動地說道，「我對她有一種感覺，不知道她到底為什麼要到這裡來。」

「你這是犯了同性相斥的毛病。我敢說德斯派少校才是另有企圖。」

「我相信他沒有。」安妮激動地說。

蘿達笑了起來。安妮一下子羞得滿臉通紅。

14 梅雷迪小姐的第三位客人

巴門主任下午六點鐘左右抵達沃靈福德。他打算在到溫登別墅拜訪之前，先聽些當地的街談巷議。

要達到這個目標不困難，他並沒有明確地說些什麼，當地人卻對他的職業和階級產生了好幾種不同的印象。

至少有兩個人堅持說他是倫敦的一位建築師，到這兒是要考察一種附加在別墅旁邊的側房；另一個人斷定他不過是想租一間帶家具的房子來度週末；還有兩人說他一定是硬地網球公司的辦事員。各種猜測不一而足，這對巴門主任非常有利。

「溫登別墅？是有這麼個地方。在馬爾伯里街，一到那兒就能看到的。嗯，是住著兩位小姐，蘿達．道斯小姐和安妮．梅雷迪小姐。是的，兩位小姐都很可愛，安安靜靜的。」

「住了好幾年了？不，她們是前年九月上旬住進去的，一共只有兩年多的時間。皮克斯吉爾先生把房子賣給她們。他妻子死後，他很少用這房子。」

這些提供消息給巴門主任的人，沒有聽說過兩位小姐是諾森伯蘭郡人。他們還以為她們是從倫敦來的呢。從這些人的言談中聽得出來，兩位小姐和當地人相處融洽，只是有幾個守舊的人認為姑娘家不應該單門別戶地住在一起。好在她們從來不惹事，週末也不常舉辦雞尾酒會。蘿達．道斯小姐性格豪放，一向生氣勃勃。安妮．梅雷迪小姐和她正相反，羞怯，膽小，優柔寡斷。

是的，房子是道斯小姐買的，兩人中她比較有錢。

巴門主任和很多人都閒聊過，最後他碰上了幫她們理家的阿斯特衛太太。這是一個健談的中年婦人。

「哪裡會呢？先生，我不認為她們打算賣房子，不會這麼快。她們才住進去兩年多。從一開始，我就替她們料理家務，每天上午八點到十二點。我敢擔保這是兩個好女孩，活潑開朗，平易近人，一點架子都沒有。

「當然啦，先生，我不知道她是不是你認識的那位道斯小姐——要不就是同家族的人。我想她可能是德文郡人，因為我常見她收到那兒寄來的奶油，每次她都說這東西會勾起她的思鄉之情；所以我想那一定是她的老家。

「對，正如先生你說的，現在許多女孩子不得不靠自己賺錢謀生。兩位小姐的日子並不寬裕，但是生活得很快樂。有錢的是道斯小姐，可以說梅雷迪小姐是她的侍伴。別墅是道斯小姐買的。

「我也不清楚梅雷迪小姐是哪兒的人。倒是曾聽她提到過懷特島，還知道她不喜歡英格蘭北部。看樣子她們曾一起在德文郡待過一段時間，因為我聽她們嘲笑過那兒的山丘，又對那兒美麗的海灣和沙灘讚不絕口……」

阿斯特衛太太滔滔不絕地說著，巴鬥主任不時在心中記下重點。和這位太太分手後，他在小本子上寫下了一兩個神祕的字句。

晚上八點半，巴鬥主任穿過溫登別墅門前的花園小徑。給他開門的是個膚色很深的高個子女孩，穿著一件橘紅色印花罩袍。

「請問，梅雷迪小姐是住這兒吧？」他刻板地問道，就像是軍人提問題一樣。

「是的，她是住這兒。」

「我是巴鬥主任，我想和她談談，可以嗎？」

道斯小姐立刻瞪了他一眼說：「請進。」她側身讓出了門道。

安妮．梅雷迪小姐正坐在壁爐旁邊的一張椅子上，悠閒地喝著咖啡。今天晚上她穿了一件繡花的法國縐紗便袍。

「巴鬥主任來了。」蘿達請客人進屋時說道。

安妮．梅雷迪小姐起身迎接客人，她朝巴鬥主任伸出手去。

「現在來拜訪稍嫌晚了些。」巴鬥說，「但我覺得這個時候你們在家的可能性比較大，因為今天的天氣正適合出門遊玩呢。」

安妮笑吟吟地說：「歡迎你的光臨，巴門先生。哦，來杯咖啡怎麼樣？蘿達，請再拿一個杯子來好嗎？」

「你真是太客氣了，梅雷迪小姐。」

「我們覺得自己泡的咖啡，味道更好些。」

她手指著一張椅子，巴門主任坐下來。蘿達把杯子拿來了，安妮往杯子裡倒咖啡。壁爐裡的木柴燒得劈啪響，花瓶裡的鮮花生機盎然，和樂融融的居家氣氛讓巴門主任留下了極好的印象。

安妮沉靜地坐在座位上，樣子輕鬆自如，倒是另外那位小姐老是好奇地打量他。

「巴門先生，我們一直在等待你的光臨。」安妮說，她的聲音中帶有一絲責備，似乎在說「呃，你為什麼這麼敵視我？」

「對不起，梅雷迪小姐，我太忙了，一時抽不出空來這兒。」

「事情還順利吧？」安妮問道。

「未盡如人意，但是該做的就得做。我幾乎可以說是徹底查過了羅伯茨醫生，洛里默夫人也差不多了，現在輪到你。」

「我隨時候教。」安妮微笑道。

蘿達問道：「德斯派少校呢？你也要找他？」

「當然，誰也不會漏掉的，我可以向你保證，小姐。」

巴鬥主任放下杯子，看著安妮，後者坐在椅子上，身子挺得更直了些。她說：「巴鬥先生，我完全準備好了。你想了解些什麼呢？」

「就談談你自己吧。」

「本人一向品行端正。」安妮笑了起來。

「是的，安妮的生活無可非議，這一點我可以擔保。」蘿達說。

「那太好了。」巴鬥主任欣然對蘿達說，「這麼說來，你和梅雷迪小姐認識很久囉？」

「我們一起上學。」蘿達回答道，「感覺那是很久很久以前的事了。是不是，安妮？」

巴鬥主任忍俊不禁：「我猜已經久得快想不起來了，對嗎，蘿達小姐？」他轉過臉來對安妮說：「梅雷迪小姐，恐怕我們得像申請護照那樣一項一項地來。」

「好吧。我出身……」

蘿達插嘴說：「父母貧窮，卻為人正直。」

巴鬥主任朝她打個手勢，略帶責備地說：「請別打岔，道斯小姐。」

「蘿達，親愛的，這是正經事。」安妮也正色道。

「對不起。」蘿達說。

「梅雷迪小姐，你出生在……」

「我出生在印度的奎達。」

「這麼說，你父親是軍人？」

「是的，家父人稱約翰．梅雷迪少校。我十一歲時母親就去世了。我十五歲那年父親退休回到英國，我們住在丘特漢。家父在我十八歲那年去世，沒有留下遺產給我。」

巴門主任同情地點點頭說：「這對你多少是個打擊吧？」

「可以說打擊很大。我一直知道我們並不富裕，但落得一文不名又是另外一回事。」

「那你靠什麼生活呢？」

「我只得找份工作。我沒有受過太多的教育，人又不聰明，打字速記之類的事都不會。丘特漢的一位熟人介紹我到她朋友家幫傭，假日還幫著帶兩個小男孩。」

「姓什麼？」

「埃爾登。住在文特諾的拉卻斯區。我在他家住了兩年。後來他全家出國了，我就到了迪林夫人家。」

「就是我姑姑。」蘿達插嘴說。

「是的，蘿達替我找了這份工作，我真幸運。她常去看她姑姑，有時就住在那兒。我們過得很愉快。」

「你在迪林夫人家幹什麼呢？給她做伴？」

「嗯，差不多是這樣。」

「其實更像是園丁。」蘿達解釋道，「我姑姑對園藝如癡如迷，安妮大部分時間在鋤草或種球根。」

「後來你離開了迪林夫人？」

「她的身體每下愈況，不得不請專業護士。」

「她得了癌症。」蘿達說，「可憐的姑姑不得不依靠嗎啡這類的藥。」

安妮有些傷感地說：「她待我很好，我離開她是出於無奈。」

「當時我正在找房子。」蘿達說，「我想找個人陪我住。你知道，父親續弦後，我和他太太處不來。我請安妮來跟我住，從那時起她就一直和我住在這裡。」

「這麼看來，梅雷迪小姐，你的經歷最是無懈可擊了。」巴鬥主任說，「現在我們把時間算一算。你十八歲時父親去世。此後你在埃爾登夫人家待了兩年？」

「是的。」

「這位夫人現在在哪個國家？」

「巴勒斯坦。她丈夫在那兒任公職，確切的職務我不知道。」

「這沒關係，需要的話很快就能查清楚。後來你就到了迪林夫人家？」

「我在她家待了三年。」安妮急促地回答，「她現在住在德文郡小亨伯里城的馬什迪斯街。」

「我明白了。」巴鬥主任說，「梅雷迪小姐，原來你現在是二十五歲。好，如果你不介意的話，我想請你告訴我兩個在丘特漢認識你和你父親的人。」

安妮．梅雷迪小姐順口說出了兩個熟人的名字。

「好了，現在談談你的那次瑞士之行。」巴鬥主任說，「梅雷迪小姐，你就是在那次旅行中認識謝塔納先生的，對嗎？你是一個人獨行呢，還是和道斯小姐一起去的？」

「我們是一起去的。同行的還有另外幾個人。」

「你是怎樣認識謝塔納先生的？」

安妮皺著眉頭說：「其實沒什麼好說的。他當時也正好在那兒，人們在旅館裡自然會互相認識。謝塔納先生在化妝舞會上得了頭獎。我還記得他扮的是梅菲斯特，就是《浮士德》中的那個魔鬼。」

巴鬥主任嘆了口氣道：「他真是對這個角色情有獨鍾。」

「他扮演得像極了，不化妝都行。」蘿達說。

巴鬥主任輪流看了看兩個女孩。

「你們誰和他比較熟？」

安妮遲疑了一下，蘿達開口回話。

「剛開始都差不多，幾乎沒什麼往來。你知道我們一起去的幾個人都在滑雪隊，白天大都在外面，晚上才回到旅館和大家一起跳舞。但是後來謝塔納先生似乎特別注意安妮，還特別過來向她致意。為這事我們還好好取笑過安妮呢。」

「我倒認為他是有意招惹我。」安妮說，「因為我討厭他，他故意讓我難堪好尋開心。」

「我們打趣說這是一門好姻緣，安妮氣得怒不可遏。」蘿達笑著說。

「能告訴我幾個同行旅客的名字嗎？」巴門主任問。

蘿達生氣了。

「你真不信任人，你以為我們在撒謊？」

巴門主任眨眨眼睛說：「總之，我必須弄清每個細節。」

「真是多疑成性。」蘿達嘀咕著，一邊在一張紙上草草寫下幾個名字遞給他。

「好啦，」巴門主任說著站起身。「謝謝你們的款待。看來蘿達．道斯小姐說得沒錯，梅雷迪小姐是清白的。我想你們不用再為這事擔心了。呃，順便問問，謝塔納先生對你改變態度，這不是很奇怪嗎？難道他沒有更進一步要求約會——或者用別的方式糾纏你？」

「他沒有試圖引誘她，」蘿達趕快護著自己的朋友。「如果你問的是這件事。」

安妮滿臉通紅地說：「哪有這種事？他總是彬彬有禮，而且很客套。其實正是這種做作的客氣讓我覺得不舒服。」

「他說過或暗示過什麼嗎？」

「嗯，幾乎沒有……不，他從來沒有暗示過什麼。」

「對不起，這些色狼有時就會這樣。」巴門主任說，「好啦，晚安。謝謝你們的咖啡，味道真是不錯。再見，梅雷迪小姐。再見，道斯小姐。」

送走了巴門主任，安妮關好大門，兩位女孩回到房間。

「事情總算是過去了。」蘿達說，「並不如想像中的那麼可怕。這個巴門主任是個慈祥和善的人嘛。他顯然對你一點猜疑也沒有，比我預料的好多了。」

安妮嘆了口氣，坐下來說：「事情真的很簡單，看來我不該那樣緊張的，真是太傻了。我原以為他會威脅我，就像戲中的皇家檢察官一樣。」

「看樣子他很通情達理。其實他該一眼就看出你不是那種敢殺人的女孩。」蘿達說。她猶豫了一下又說：「唔，安妮，你沒告訴他你在闊夫韋斯待過一段時間。你是不是忘了？」

安妮緩慢地說：「那有什麼好說的，區區幾個月而已。再說那裡的人誰也不認識我，他也沒法調查。呃，如果你認為有必要，我可以寫信告訴他。不過何必多此一舉？我看沒這個必要。」

「好吧，既然你這麼說。」

蘿達起身去開收音機。

一個沙啞的聲音迴蕩在房間裡。「你剛才聽到的是布雷克・紐賓斯演唱的〈親愛的，你為什麼要對我撒謊〉。」

15 德斯派少校

德斯派少校走出奧爾巴街自己寓所的大門，迅速拐入攝政大街，跳上一輛公共汽車。

這是一天中街上比較安靜的時候，雙層公共汽車頂層上的座位幾乎都空著，少校朝前面走去，在第一排找了個位子坐下來。

他是在車子行進間跳上車子的，現在車停了，上來了幾位乘客。公車沿著攝政大街繼續行駛。

一位乘客也上到頂層朝前面走來，在第一排的另一邊坐下來。

少校沒有注意這位乘客，幾分鐘後他聽見那人小聲咕噥：「從公車頂層看倫敦，還真是別有一番景致，不是嗎？」

少校轉過臉來，他先是愣了一下，隨即臉上的表情豁然開朗。

「是你啊，白羅先生，請原諒我沒注意到是你。是的，從這上面看倫敦真是愜意極了。

過去車上沒有裝這種玻璃框的時候還更好些。」

白羅嘆息道：「不過要是碰上雨天，車內又擠滿了乘客，恐怕就不見得舒服了。英國的陰雨天並不少哩。」

「雨？雨水不會傷害人的。」

「你錯了，」白羅說，「淋了雨容易得肺炎。」

少校笑了起來。

「白羅先生，看來你是衣服裹得很緊的那種人。」

白羅的確是全身上下裹得緊緊的。為了預防秋季變化莫測的天氣，他除了一件厚大衣外，脖子上還繞了一條圍巾。

「白羅先生，這樣碰見你，真是意想不到。」德斯派少校說，他沒有發現圍巾遮掩住的微笑。

其實這並不是偶然的「巧遇」。白羅得知少校大概什麼時候會出門後，就一直在外面等著。為謹慎起見，他沒有跟著跳上車，而是跟在它後面，車一停就上來了。

「確實是意想不到，從上次在謝塔納家後我們就沒再見過面。」白羅說。

「你沒插手這個案子？」德斯派少校問。

白羅輕輕搔搔耳朵。

「那要看怎麼說了。我思考，不斷地前思後想。至於說跑來跑去蒐證調查，那不符合我的性格，再說年齡也不允許了。」

「思考？呃，」德斯派少校唐突地說，「這麼做倒不壞。如今忙忙碌碌的人太多了，要是人們都安安靜靜坐下來，先想好了再行動，我敢說麻煩事一定會少得多。」

「這也是你的生活準則，德斯派少校？」

「我通常是這樣的。」少校簡明地回答，「確定方向，提出方法，權衡利弊，做出決定，然後就堅持到底。」

說完他的雙唇冷冰冰地闔了起來。

「什麼都不能再讓你改變方向？」白羅問。

「噢，我沒那麼說，頑固不化於事無益。錯了就得承認。」

「但是我猜你一定不常犯錯。」白羅說。

「我們都會犯錯，白羅先生。」

「但是有些人，」白羅的口氣冷淡下來，可能是因為他用了「我們」當主詞。「有些人出的差錯比別人少。」

德斯派少校看著他，輕輕一笑說：「白羅先生，你從來沒嘗過失敗的滋味？」

白羅高傲地說：「上次失敗是二十八年前的事。即便如此，那次也是情有可原。算了，都是些無關緊要的事。」

「這已經是了不起的紀錄了。」德斯派少校說，「謝塔納的這個案子怎麼樣？我猜這不能算，因為名義上不歸你管。」

「是的，是不歸我管，但同樣還是冒犯了我 amour propre[15]。想想看，居然在我眼皮子底下殺人！他這是在嘲笑我的破案能力。我認為這是非常失禮的。」

「不光是對你。」少校說，「這也是在向蘇格蘭警場挑戰。」

白羅一本正經地說：「凶手犯了一個最笨的錯誤。忠於職守的巴鬥主任看來很呆板，但腦袋可不笨，一點也不笨。」

「我同意你的看法，人不可貌相。其實他可是既精明又能幹。」德斯派少校說。

「而且我覺得他對這個案子特別積極。」

「太積極了。白羅先生，你注意到後座那位軍人模樣的人嗎？」

白羅回過頭去看了看。

「這兒除了我們就沒別人了。」

「那他一定是混到人群裡了。巴鬥主任一直在盯我的梢，非常有效率。還不時改變裝扮什麼的，技巧真不錯。」

「噢，可惜還是騙不了你。我發覺你的眼光很敏銳。」

「任何一張面孔，包括黑人的，我見過一次就不會忘記，這一點比大多數人強。」

「那我今天碰到你真是太對了。」白羅說道，「我想找一個心明眼快的人幫我回憶一些小事。很可惜，兩個長處都兼備的人並不多。我問過羅伯茨醫生和洛里默夫人，兩人的回答都不夠完整。現在看你能不能幫我的忙了。我想請你幫著回憶一下那天打牌的那個房間，也許你能想起些什麼來。」

德斯派少校一臉困惑。

「我不太明白你的意思。」

「我想請你大概描述一下那個房間的情況。諸如家具啦、物件啦。」

「試試吧，我不敢保證自己對這些事也有同樣的記性。在我的印象中，那個房間裡的東西繁複得讓人生厭，一點兒也不像個男人的房間。到處是綿緞和絲織品，只有謝塔納那種人才會這樣布置房間。」德斯派少校說。

「能說得更具體些嗎？」白羅問。

少校搖搖頭。

「我恐怕沒注意到什麼具體的東西。呃，對了，房間裡鋪著好幾塊優質的地毯，其中兩張來自波卡拉，另外三、四張是上好的波斯地毯。我記得牆上還掛著一個很棒的羚羊頭，不對，那是掛在客廳的牆上。我猜是從羅蘭．沃德商店買來的。」

「你認為謝塔納先生不會打獵？」

15 法語，意思是「珍貴的自尊」。

「我敢打賭，除了巢裡的鳥外，他沒有對別的動物開過槍。還有什麼呢？很抱歉讓你失望，但是我真的幫不上忙。小東西擺得到處都是，桌子上都堆滿了。我只注意到一個復活節島製作的玩偶，木製的，手工很精細，如今這種小玩意兒不多見了。還有一些馬來貨。真抱歉，白羅先生，恐怕我也不能讓你滿意。」

「沒關係。」白羅說。不過他多少是有些洩氣。「你知道嗎？」他轉了一個話題：「洛里默夫人對橋牌的記憶就像你對面孔的記憶一樣。她甚至還記得你們那天打的每一輪牌，連過程都記得清清楚楚，真是令人吃驚。」

德斯派少校聳聳肩說：「有些女人就是這樣。我想，她們成天泡在橋牌桌上都快要成精了。」

「這你就記不起來？」

「我只記得起其中兩輪，有一輪我本來可以靠方塊取勝的，但是羅伯茨醫生的牌叫得太高使我沒打成。那一輪他輸得很慘，可惜我們沒有叫賭倍，真不走運。還記得有一輪是打無王，張張牌都不順手，打得彆扭極了。我們輸了兩墩，好在輸得不多。」

「你常打橋牌？」

「不常打。不過我認為這是一項有益的活動。」

「你覺得比撲克好？」

「是的，我覺得撲克賭博味太濃了。」

「我想謝塔納先生什麼遊戲都不玩，我是說紙牌這一類的。」白羅意味深長地說。

少校冷酷地說：「他只對一種遊戲感興趣，而且興致永遠不減。」

「嗯？」

「卑劣的遊戲。」

白羅沒有答話。沉默了一下，他問：「你是真的知道，還是這麼想想而已？」

德斯派少校的臉霍地一下紅了，像燒紅的磚一樣。

「你是在責備我憑空評論一個人？不，我是有根據的，千真萬確，只是我不能告訴你消息的來源，我也是私下得知此事。」

「牽涉到女人？一個或幾個？」

「嗯，這個下流胚子就喜歡找女人麻煩。」

「不會是敲詐勒索吧？這太有意思了。」

德斯派少校搖搖頭說：「不，我的意思不是這樣。某種程度上，他也算敲詐勒索，卻和一般的敲詐勒索不同，謝塔納要的不是錢；或者可以這麼說——他是個精神勒索者。」

「他從中得到什麼呢？」

「快感！極度的快感。我只能這麼說了。他從別人的畏懼和退縮中獲得一種刺激，我想這會讓他一掃自己的自卑感，覺得自己比較像個男人。這種伎倆對女人很奏效。他只消暗示一下他什麼都知道，她們就會情不自禁地說出其實他根本就不知道的事。這麼一來，他的興致就更高，他擺出一副魔鬼的樣子，神氣活現地張揚：『偉大的謝塔納洞察一切！』真是個瘋子。」

「所以你認為他就是這樣嚇唬安妮．梅雷迪小姐？」白羅緩緩問道。

「梅雷迪小姐？」德斯派少校瞪了他一眼說：「噢，我根本就沒想到她。再說她也沒有理由害怕謝塔納這種人。」

「不好意思，那你是在說洛里默夫人囉？」

「不，白羅先生，你誤解我的意思了，我並沒有針對哪一個人。說實話，要想嚇住洛里默夫人這種人可不容易，何況她也不像有不可告人之事。」

「你是說，他不管對任何人都是這樣？」

「對極了。」

「毫無疑問。」白羅順著德斯派少校的話題講下去，他慢吞吞地說：「這種人大都是些女人精，他知道怎樣套出她們的話。」

他停頓了一下，德斯派焦急地插話：「真是荒謬，其實說穿了，他只不過是吹牛大王，一點威脅也沒有，但是女人們卻怕他怕得很，真是太可笑了。」

他突然從座位上跳起來。

「糟糕，我坐過站了。看來我們是談得太投機了。再見，白羅先生。唔，你往下看，跟蹤我的人會像影子一樣跟著我。」

德斯派少校快步朝後面走去，下了樓梯。這時到站的鈴聲響了。鈴聲未停，又有人拉鈴。

白羅朝下面看了看，德斯派少校正沿著人行道大步往回走。白羅沒費心去看尾隨在他身後的人，他心裡正想著別的事。

「沒有一個人不對勁，」他喃喃自語地說：「真令我感到納悶。」

16 埃爾絲·巴特小姐的證詞

在蘇格蘭警場，奧康納警官被同事不太厚道地謔稱為「女僕的偶像」。他的確是一個英俊的小夥子，高高的個子，寬肩直背，最讓女孩子們著迷的是，他那輪廓清晰的面龐上一雙淘氣又大膽的眼睛。毫無疑問，奧康納警官辦起事來左右逢源，效率非常高。

這可不，謝塔納命案才發生四天，他已經和埃爾絲小姐，也就是原住在北奧德利街一一七號的克拉多克夫人過去的女僕，肩並肩坐在票價三先令六便士的座位上，欣賞諷刺劇《不管你願意不願意》了。

「噢，」奧康納警官看準了一個機會，像是不經意似地大舉進攻：「這齣戲讓我想起我過去一位主人的作風，他姓克拉多克，稱得上是個老怪物了。」

「克拉多克？」埃爾絲說，「我也曾經在一個姓克拉多克的人家裡做過事。」

「是嗎？有這麼巧的事？不知我們說的是不是同一個人。」

「我的那位主人住在北奧德利街。」埃爾絲說。

「我離開我主人家時，他全家正準備搬到倫敦來。」奧康納立即接道：「是的，他們的房子就在北奧德利街。克拉多克夫人的舉止有點大膽輕佻。」

埃爾絲．巴特小姐頭一甩說：「我受不了她那個脾氣，成天橫眉豎目的，老是和別人過不去。」

「包括對她丈夫也是一樣，不是嗎？」

「那可不是。她抱怨說他冷落她、不理解她。而且，她還老喜歡對人訴苦，說她身體不好，說話時還帶著痛苦的喘息和呻吟。我覺得她根本就沒病。」

奧康納一拍膝蓋說：「我想起來了，她和一位醫生不是有點……有點過分親密？」

「你是說羅伯茨醫生？那可是個好人呢，真的。」

「女孩子就是這樣，喜歡為壞男人辯護。我可是清楚他那種人。」

「不，你根本不知道。你完全誤會他了，他絕對不是那種人，他一點錯也沒有。克拉多克夫人老是請他到家裡來給她看病，醫生能拒絕病人嗎？我敢說除了看病之外，他根本就沒把她放在心上過。一切都是克拉多克夫人自己搞出來的，真的，她讓人不得安寧。」

「好吧，就算是這樣吧。埃爾絲……噢，你不反對我叫你埃爾絲吧？我覺得好像認識你一輩子了。」

這小姐頭一甩說：「埃爾絲？你還沒有和我熟到那個程度吧。」

「對不起。」他瞟了她一眼，有點沮喪地說，「巴特小姐，就像你說的，那事是無中生有吧。但是聽說她丈夫氣得暴跳如雷，不是嗎？」

「有一天他倒真是怒不可遏。不過當時他是在病中，過沒多久他就死了。」

「我記得他死得有點怪，不是嗎？」

「是使用了帶菌的刮鬍刀感染致死的——日本貨，真嚇人。這些人自己也不小心點。從那以後一提到日本貨我就發麻。」

「我也是一貫主張買英國貨。」奧康納說，「你剛才說，有一天克拉多克先生對醫生發火了？」

埃爾絲．巴特小姐點點頭，津津樂道地講起過去的醜聞，樣子很得意。

「吵得一塌糊塗，至少她丈夫是這樣。羅伯茨醫生很低姿態，他只是不停地說：『沒有的事，你這是想到哪兒去了？』」

「他們是在克拉多克先生家吵的架？」

「是的，不然我怎麼會知道？那天夫人又叫人請他來看病，然後夫妻兩人就吵了起來。羅伯茨醫生來的時候，他們已經吵了一陣子，克拉多克先生就上前找他出氣。」

「他都說了些什麼呢？」奧康納問。

「他們是在女主人的房間裡吵的。唔，照說我是不該聽的，只是我以為發生了什麼事，就假裝拿著灰塵撢子去打掃樓梯，我不想漏掉什麼。」

奧康納對她的好奇心大為欣賞，暗自得意自己是用這種隨意的方式向她套話。如果是以奧康納警官的身分來查詢，她必定會矢口否認聽到過什麼。

「真的，沒有聽到羅伯茨醫生的聲音，只聽見克拉多克先生大叫大嚷的。」

「他都罵些什麼？」奧康納第二次切中關鍵。

「他就是用他們那種人的口氣辱罵他。」埃爾絲．巴特小姐津津有味地說。

「都罵些什麼呢？」奧康納追問道，莫非這小姐找不到貼切的字句來表達？

「他們說的好多話我都聽不懂。」埃爾絲．巴特小姐承認：「他用的字彙都有點深奧，譬如『操守偏離職業道德』、『乘人之危』……我還聽他大聲嚷著要讓羅伯茨醫生從——醫生註冊簿上除名，我說得沒錯吧？就是這類的話。」

「你說得沒錯。他可以一狀告到醫學委員會。」

「對，他說過這樣的話，當時夫人也在場，她只是一個勁地指責丈夫冷落她：『你從來都不關心我，讓我孤零零過日子』，神經兮兮的。我還聽見她說，羅伯茨醫生對待她好得像天使。

「過了一會兒，我看見羅伯茨醫生和克拉多克先生一起從臥室裡出來，然後到隔壁的梳妝室去，還把臥室的門關上。我聽見他明明白白地說：「『老兄，你沒發現你的妻子有點神經質？她根本不知道自己說了些什麼。坦白告訴你，要不是為了恪……恪……』對，他是說

『恪盡職守』。『要不是為了恪盡職守，我早就不想管這檔事了。』他就是這麼說的。他又說了一些『不會逾越醫生和病人的界線』這類的話，總算是讓她丈夫的火氣消減了不少。後來他又勸他早點出門，別耽誤了上班。我聽見他說：『冷靜下來想一想，你會發現這完全是一場無中生有的誤會。好了，我得洗洗手，還有一個病人在等著我。克拉多克先生，我敢保證，這一切都是尊夫人憑空臆想出來的。』我聽見克拉多克先生嘀咕道：『我不知道該怎麼想。』

「克拉多克先生從梳妝室出來，我趕緊起勁地撣灰塵，其實他沒注意到我。現在想來，他當時已是滿臉病懨懨的樣子。我聽見羅伯茨醫生在梳妝室裡心平氣和地吹口哨洗手，那兒冷水熱水都有。一會兒他從裡面走出來，提著出診包，和顏悅色地跟我打招呼，像平常一樣高高興興地走了。我敢說他是清白的，都怪那個女人自作多情。」

「後來克拉多克先生就感染上炭疽病？」

「我想他早就染上了。夫人很認真地照顧他，但他還是死了。我記得葬禮很風光，花圈都是上好的。」

「後來呢？羅伯茨醫生還上他家去？」

「哪兒會呢！咦，看不出你還真有點愛管閒事哩。我知道你對羅伯茨醫生有偏見。我說過了，這都是克拉多克夫人自作多情，不然她丈夫去世後，醫生為什麼不娶她？不，他才不會這麼傻呢，他太了解她的性格了。她倒是常打電話給他，但是他無論如何再也不來了。後來她賣掉房子，我們都收到解雇通知書。再後來她就出國了，是去埃及。」
「吵架之後，你沒再見過羅伯茨醫生？」
「沒有，可是夫人有再和他見面。夫人出國前打預防針是上他那兒去打的。叫什麼來著？對了，傷寒預防針。她回家時手臂腫得不得了。那以後沒再聽她給他打電話，我想一定是他明確告訴她不再幫她看病了。她高高興興地出國了，帶了一大堆漂亮衣服，當時雖然是冬天，衣服卻都是淺色的。她說埃及很熱，一年到頭陽光燦爛。」
「的確是這樣，」奧康納說，「有時熱得讓人受不了。聽說她死在那兒，你知道嗎？」
「是嗎？我一點兒也不知道。可憐的人，她也許過得比我想像的還糟。」她嘆了一口氣補充說道：「可惜那麼多漂亮衣服，不知怎麼處理了。那兒都是些黑皮膚的人，不適合這種服裝。」
「我想你穿一定很漂亮。」奧康納說。
「噢，你說話怎麼這麼沒有分寸。」埃爾絲．巴特小姐嗔怪道。
「唉，我再沒有分寸也沒多久了。我得出差去為公司辦點事。」
「要去很久？」
「嗯，可能還要出國。」
埃爾絲一臉沮喪。儘管她沒聽過拜倫的詩句「我從未愛上一隻可人的小羚羊」，但這正好應了她此時的心境。

她思忖道：「奇怪，跟真正動心的對象總是沒有結果。算了，反正還有忠誠的弗雷德。」

奧康納的突然闖入，不過是她生活中的一個小插曲，反而加深了埃爾絲對弗雷德的好感，說不定他還會因此贏得她的芳心呢。

17 蘿達拜訪奧利薇夫人

走出德伯納姆百貨商店，蘿達・道斯小姐若有所思地站在人行道上，一臉猶豫不決的樣子。她的臉部表情豐富，心裡想什麼，就立即反映在臉上。

此刻蘿達的臉上清楚地寫著：「我該不該去？我最好……但也許還是不要……」

商店看門人走上前來殷勤地問道：「小姐，要不要為你叫一輛計程車？」

蘿達搖搖頭。

一個胖婦人大包小包地提著東西，一副急著提早為聖誕節購物的表情。她狠狠地撞了蘿達一下，蘿達卻像是沒事似的仍然站在那兒，她還是拿不定主意。

腦裡的想法真是一團亂。

「去去又何妨？是嘛，何況她邀請過我——但是萬一她不是認真的呢？她可能對每一個人都會這麼說……反正安妮也不需要我陪她。她明確表示過，寧可單獨和德斯派少校一起去找律師。這有何不可……不管怎麼說，三個人也嫌多了點……再說這的確也不關我的事，而且我也不是那麼想見到德斯派少校……他對人很親切，但是……我敢打賭他愛上安妮了。是的，男人除非愛上一個人，不然是不會這麼費心的……真的，他這麼賣力不會是單純地出於同情……」

一位郵差又撞了她一下，他有點抱怨地道歉道：「對不起，小姐。」

「哦，老天。」蘿達心想：「我不能老是站在這兒拿不定主意。真的，我太笨了，到底該怎麼辦……那件上衣和裙子配在一起一定很協調，恐怕棕色比綠色更合適；不，不見得。算了，別想這些了，還是拿定主意再說吧。去還是不去？現在是三點半，正是造訪的好時間——我是說，至少不會被誤會是上門打秋風什麼的。管他的，還是去吧。」

蘿達毅然穿過馬路，朝右轉，走一段路後再朝左轉，一直往哈利大街走去。她來到一排被奧利薇夫人戲稱為「療養院」的公寓前。

「怕什麼呢？她又不會吃掉我。」

又猶豫了一下，她壯著膽子直接走進去。

奧利薇夫人住在頂樓，一個穿制服的服務員帶蘿達乘電梯上去。走出電梯後，她站在一扇綠色的房門前，腳下是簇新的踏墊。

「噢，」她對自己說，「比看牙醫還嚇人。不過我得堅持下去。」

她摁了摁門鈴，緊張得臉都紅了。

一位上了年紀的傭人把門打開。

「請問這兒是……我能……奧利薇夫人在家嗎？」蘿達問道。

女傭往後一側身子讓出路來，蘿達走進屋裡去，她發現客廳亂糟糟的。

「請問小姐，我該怎麼通報？」女傭問道。

「呃，道斯，不，蘿達．道斯小姐。」

女傭進去了。蘿達覺得像是過了一百年，其實才過了一分四十五秒，女傭就回來了。

「小姐，請跟我來。」

蘿達跟著她朝裡面走去，她的臉更紅了。順著走道轉個彎，有一扇門開著，她緊張地跟著進了這個房間。一時之間，她驚訝地環顧四周，還以為是到了非洲叢林。

奧利薇夫人的工作室，四壁上都貼著熱帶景色的壁紙，各種鸚鵡以及連鳥類學家都叫不出名字的鳥兒就在原始叢林中飛來飛去。在一片眼花撩亂中，蘿達看見一張舊餐桌上放著一台打字機，周圍的地上遍散著打字紙。奧利薇夫人從一張看來有些搖晃的椅子上站起來，頭髮亂蓬蓬的。

「親愛的，見到你真高興。」

她說著，朝蘿達伸出沾滿油墨的手，同時用另一隻手去撫平頭髮。這個動作真讓人不可思議。

她的手肘碰到桌邊上的一個紙袋，紙袋掉下來，蘋果滾得到處都是。

「沒關係，親愛的，別麻煩了，一會兒有人會來收拾的。」

蘿達喘不過氣地直起身子，手上捧著五顆蘋果。

「噢！謝謝你——我不該又把它們放回紙袋，我想紙袋上有個洞。好吧，就放在壁爐上吧，這樣滿好的……好了，現在我們可以坐下來談談了。」

蘿達接過一張舊椅子坐了下來，目不轉睛地看著女主人。

「真不好意思，我恐怕打擾了你的工作。」她氣喘吁吁地說道。

「可以說是，也可以說不是。」奧利薇夫人說，「你看見啦，我正在工作。但是我的芬蘭偵探把自己給搞糊塗了。事逢米迦勒節，他靠一盤法國豆做出了令人信服的判斷，又發現烤鵝肚子裡的洋蔥和鼠尾草填料，帶有致命的毒藥。但是我突然想起，過米迦勒節的時候，法國豆的季節已經過去了。」

蘿達因為窺探到創作偵探小說的內在世界而興奮不已，她屏住氣說：「可以製成豆子罐頭的。」

「可以是可以，」奧利薇夫人有點猶豫不決。「不過這樣就會遜色許多。唉，我經常卡在植物這類事上。有個讀者來信，說我把花期全弄錯了。雖然他說的有理，可是倫敦的花店不都是四季百花齊放嘛。」

「這當然是無關緊要。」蘿達熱心地說，「奧利薇夫人，寫作一定棒極了。」

奧利薇夫人沾滿油墨的手指摸了一下額頭，問道：「為什麼呢？」

「一定是這樣。坐下來寫完一本書，我敢說那種感覺妙極了。」

「其實也不盡然。」奧利薇夫人說，「你得不斷思考，還得安排情節，這其實很煩人，有時你還會被困住，感覺自己永遠難以脫身——但最後你還是完成了。其實寫作並不是那麼愜意，它和其他工作一樣辛苦。」

「這似乎不像是個工作。」

「對你來說也許不是，因為你不靠它生活，我卻覺得它是工作。你知道嗎？有時候我得反覆提醒自己下一部作品的版稅金額，才能繼續寫下去。不管怎麼說，錢這玩意兒是很鼓舞人的，當你發現存款透支時，銀行存款簿也有同樣的效果。」

「我沒想到你是自己打字。」蘿達說，「我以為你該有個祕書。」

「以前我曾經請過祕書，我試著向她口授書稿。我發覺她太能幹了，好像比我還精通文法，更懂得逗號和句號。這經常讓我感到很沮喪，甚至有種自卑感。後來我另外請了一位沒那麼能幹的祕書，當然了，效果也不好。」

「能想得出那麼多事來寫，真厲害。」蘿達說。

「這對我來說，實在太容易了，」奧利薇夫人開心地說，「累人的是要把它們寫下來。我常常以為又寫完了一本，結果算一算才寫了三萬字而不是六萬字。只好再加進去一個謀殺案，讓女主角又被綁架一次。真煩人。」

蘿達沒有說話，她看著奧利薇夫人，像一般年輕人崇拜名人那樣，卻又有點失望。

「你喜歡這些壁紙嗎？」奧利薇夫人指著四周的壁紙對蘿達說，「我特別喜歡鳥。這些大概是熱帶植物，用這種圖案的壁紙，即使大冷天也讓人覺得暖烘烘的。你知道，除非我覺得非常非常暖和，否則我什麼都做不來。不過我的史文・赫森偵探可是每天清晨都要打破浴室的冰層。」

「太妙了。你說我沒影響你工作，真是太體貼了。」

「我們來喝點咖啡，吃幾片烤麵包怎麼樣？不加糖也不加牛奶的濃咖啡，配幾片烤得熱熱的麵包，我隨時都吃得下。」

她走到門口，開門吩咐傭人，回到座位後問：「你進城有什麼事……逛街？」

「是的，我買了一些東西。」

「梅雷迪小姐也來了？」

「她和德斯派少校一起去找律師。」

「找律師？」奧利薇夫人雙眉一挑，好奇地問。

「嗯，德斯派少校說她最好還是找個律師。他真是個好心人，真的。」

「我也是好心要幫助她。」奧利薇夫人說，「但似乎不那麼受歡迎。事實上，我覺得你的朋友並不高興我去看她。」

「怎麼會呢？一定是你誤會了，真的。」蘿達尷尬地如坐針氈。「其實我今天來就是為解釋這件事的。我猜你完全誤會了。確實，她那天是有點失禮，不過這並不是因為你，我是說，並不是因為你的來訪，她失禮是因為你說的一句話。」
「我說的一句話？」
「嗯，不過你一定不知道，只是不巧說出來罷了。」
「我說了什麼？」
「我想你甚至不記得了，是你說話的方式。你提到了意外事件和毒藥致死什麼的。」
「是嗎？」
「我知道你大概記不得了。你知道嗎？安妮曾經有過一次可怕的經歷，她曾經待過一戶人家，那兒有個女人誤吞了毒藥，是一種染帽子用的顏料。我想是和別的東西弄混了。她就這麼死了，這事對安妮的刺激很大，她不能聽別人提起這事，自己也不敢想，但是你的話勾起了她的回憶，所以她才突然不做聲，全身僵硬，變得怪怪的。我發現你注意到了。只是當著她的面，我不能對你說。但是我確實想讓你知道不是那麼回事，她並不是存心冷落你。」
奧利薇夫人看著蘿達因激動而脹紅的臉，慢慢地說：「哦，我明白了。」
「安妮太敏感了。」蘿達接著說，「又不願意面對現實。什麼事使她心煩，她寧可避而不談。其實這麼做一點好處也沒有，至少我是這麼認為的。你不提，事情就不存在了嗎？只不過是自欺欺人罷了。要是我就寧可全盤托出，無論這有多麼痛苦。」
「啊，」奧利薇夫人平靜地說，「那是因為你天性豪爽。你可不能要求別人和你一樣。」
蘿達臉紅了。她說：「其實，安妮是個可人兒。」

奧利薇夫人微笑著說：「我沒說她不討人喜歡，我是說她缺少你這種勇敢的特質。」她嘆了一口氣，突然問道：「親愛的，你相不相信真理的價值？」

「當然相信。」蘿達看著她回答道。

「是的，你是這麼說——不過你也許沒想過，真理有時候很傷人，它會打破人的幻覺，粉碎人的希望。」

「但是我寧可知道事實。」

「我和你一樣。但不知道這樣算不算明智。」

蘿達認真地對奧利薇夫人說：「不要告訴安妮我對你說過這事，她會不高興的。」

「我壓根就沒想過要告訴她。呃，那是很久以前的事吧？」

「差不多是在四年前。說來奇怪，人總是容易碰到同一類的事。我有個姑母就老是遇見船隻失事。安妮兩次捲進暴斃事件。不過這次更嚴重。謀殺案很可怕，不是嗎？」

「嗯。」

傭人端來了不加糖的濃咖啡和塗了奶油的熱麵包。蘿達像小孩一樣吃得津津有味，和名人親密無間地共進午茶使她興奮不已。

喝完茶，她站起身來說：「我希望沒有太打擾你。如果你不介意的話——我是說如果不太麻煩你的話，我給你寄來一本你寫的書，你能為我在上面簽個名嗎？」

奧利薇夫人笑起來。

「噢，孩子，也許這樣更好些呢。」她說著走到房間的另一端，打開櫃子。「你看你喜歡哪一本？我倒是更偏好《第二條金魚事件》，它沒有其他故事那麼恐怖。」

聽到一個作家這麼評價自己的作品，蘿達多少有點兒吃驚，她誠惶誠恐地接受餽贈。奧利薇夫人把書拿出來，以花體字簽上自己的名字，遞給蘿達。

「送給你。」

「太感謝了，奧利薇夫人，今天過得真愉快。你真的不介意我來？」

「是我請你來的。」奧利薇夫人停頓了一會，又說，「你真是個好孩子。再見，孩子，要好好照顧自己。」

送走客人，奧利薇夫人回到房間。她自言自語地說：「奇怪，我為什麼會說那句話？」

她搖搖頭，撥弄頭髮，回頭繼續為史文・赫森偵探在洋蔥及鼠尾草填料中尋找出路。

18 午茶小敘

洛里默夫人走出哈利大街的某一道門，在平台上站了一分鐘，才慢慢走下台階。她雙眉緊蹙，臉上的表情很複雜，決心和猶豫交織在一起，看來她正為某事所困。就在這時，她看見安妮．梅雷迪小姐站在對街，正抬頭注視拐角處的一排公寓。

洛里默夫人猶豫了一下，朝梅雷迪小姐走過去。

「你好，梅雷迪小姐。」

安妮．梅雷迪小姐嚇了一跳，轉過身來。

「哦，是你呀，洛里默夫人。你好。」

「你還在倫敦？」

「不，我今天才來的。來諮詢一點法律方面的事。」梅雷迪的眼睛仍盯著那排公寓看。

「遇到什麼麻煩了？」洛里默夫人問。

「麻煩？哦，沒有。怎麼會有麻煩呢？」
「你看上去心事重重。」
「我沒有，不，是有點兒。不過說不上是麻煩事，只是有點無聊。」她淡淡一笑說，「我好像看見蘿達——就是和我同住的那個女孩——走進那幢公寓，可能是去奧利薇夫人的家吧。」
「奧利薇夫人住在這裡？我還不知道呢。」
「前幾天她到我們那兒去時，給了我們她的地址。她邀請我們去她家。不知蘿達是不是去了。」
「你想上去看看？」
「不，不想去。」
「那就和我一起去喝午茶好嗎？我知道離這兒很近的一家糕餅店還不錯。」
「你真是太客氣了。」安妮猶豫地道謝。
她們並肩走下街道，彎入一條側巷，來到一家小小的糕餅店，叫了茶和鬆餅。
兩人很少說話，似乎覺得對方的沉默更令人感到輕鬆和安詳。
後來安妮突然問道：「奧利薇夫人去過你那兒嗎？」
「沒有。除了白羅先生外，誰也沒去過我那兒。」
「我無意……」安妮欲言又止。

「是嗎？我想不是吧？」
安妮像是受到驚嚇似的抬起頭來，飛睨了對方一眼，洛里默夫人神態安詳，這使她寬慰不少。
「白羅先生沒找過我。」她慢慢地說。
洛里默夫人沒有答話，兩人又沉默下來了。
還是安妮開口問道：「巴鬥主任也沒去過你那兒？」
「有，他當然來過。」
安妮遲疑地問道：「他都問了你什麼呢？」
洛里默夫人厭倦地嘆了口氣說：「例行公事而已。我想，把事情辦完他很高興。」
「我猜他走訪過所有的人。」
「可能吧。」
沉默了一下，安妮又問道：「洛里默夫人，你認為他們查得出凶手嗎？」
她的眼睛盯著盤子，沒有感覺到對方正以奇怪的表情打量她低垂的頭。
「我不知道。」洛里默夫人平靜地說。
「這種事讓人不好受，對嗎？」
洛里默夫人沒有直接回答，她半憐憫半玩味地看著她，問道：「安妮，你今年多大了？」
「我？我……我今年二十五歲。」她結巴地說。

「我六十三歲了。」洛里默夫人語重心長地說，「孩子，你的人生才剛剛開始呢。」

安妮哆嗦了一下說道：「說不定我會在回家的路上出車禍呢！」

「是啊，人有旦夕禍福。不過我——我可能不用擔心這種事了。」

安妮嚇了一跳，駭然看著老婦人，發現她的樣子怪怪的。

「活著是件困難的事。」洛里默夫人說，「等你到了我這個年齡就能體會了。活下去需要無窮的勇氣和極大的耐心，到頭來你又會問這值不值得。」

「噢，別這麼心灰意冷。」安妮說。

洛里默夫人笑起來，又恢復了一貫自持的神態。

「對，談論人生的陰暗面讓人沮喪。」

她把女侍叫過來，結了帳。二人走出糕餅店時，正巧遇上一輛計程車，洛里默夫人叫住車，轉過身問安妮：「你要不要一起搭車？我要到公園南邊。」

「謝謝，不用了。」安妮開朗地回答道，「我看見我的朋友正轉過街角。再見，洛里默夫人。」

「再見，梅雷迪小姐。祝你好運。」

洛里默夫人坐車走了，安妮．梅雷迪小姐疾步朝蘿達走去。

看到安妮，蘿達高興得臉都紅了，隨即又換上略帶歉疚的表情。

安妮直截了當地問道：「蘿達，你是去奧利薇夫人家了？」

「是的，我剛從她家出來。」

「正好被我逮到。」

「噢，幹嘛要用『逮到』這個字眼？好了，我們還是走去搭車吧。看來你和男朋友把事辦完了，我還以為他至少應該請你喝個下午茶呢。」

安妮沒有答話，她想起剛才德斯派少校對她提議：「我們能不能把你的朋友請來一起喝午茶？」她當時不加思索地回答道：「謝謝了，我們已經和別人有約在先。」謊話，多愚蠢的謊話。最笨的莫過於想到就說，不多加思考，如果她當時說「蘿達已和別人有約在先」不就好得多？這麼一來，還是可以不讓蘿達加入。

她不希望蘿達有機會接觸德斯派少校，這有點奇怪，她一定是自己想獨占德斯派少校。她嫉妒蘿達。蘿達太開朗坦蕩了，充滿熱忱和活力。那天晚上德斯派少校似乎很欣賞蘿達，但是他來的目的是為了她安妮．梅雷迪小姐呀。當然，蘿達並不是故意喧賓奪主，她天生就是這個性格，但是這樣會讓人不舒服。不，她絕對不要讓蘿達在場。

但是自己過於慌張，處理得太笨拙，要是當時穩住點，現在可能正和德斯派一起在俱樂部或什麼地方喝午茶呢。

安妮憤憤不平地看著蘿達，那張生氣盎然的面孔使她討厭。她幹嘛去找奧利薇夫人？她忍不住提高嗓門問道：「你為什麼要去奧利薇夫人那兒？」

「怎麼了，她不是邀請過我們？」

「那不過是客氣話而已。我想她對任何人都會說這種話。」

「不，她是誠心誠意的。真的，她對人真好，再好不過了。安妮，你看，她還送我一本她自己寫的書。」

蘿達對安妮炫示她得到的禮物。安妮滿腹狐疑地問：「你們都談些什麼呢？不會拿我當話題吧？」

「噢，聽聽這位自負的小姐在說什麼！」

「那你們談什麼呢？謀殺案？」

「我們談她書中的謀殺案。你知道嗎？奧利薇夫人正在寫一本偵探小說，剛寫到有毒的洋蔥和鼠尾草填料。真的，這位夫人幽默得不得了。她說寫書是件苦差事，她常常被自己設計出來的複雜情節搞得昏頭昏腦。告訴你，我們還一起喝咖啡、吃烤麵包呢。」

蘿達得意地對安妮講述她的經歷，突然想起來問道：「噢，安妮，你要喝午茶嗎？」

「喝過了，是和洛里默夫人喝的。」

「洛里默夫人？就是和你在謝塔納先生家打牌的那位老夫人？」

安妮點點頭。

「你是在哪兒遇見她的？」蘿達問道，「你去她那兒了？」

「我碰巧在哈利大街遇見她。」

「她長得什麼模樣？」蘿達好奇地問。

「我也不知道怎麼說才好。我總覺得她今天的樣子有點怪，和那天晚上一點也不像。」安妮緩緩地說。

「你懷疑是她殺了謝塔納先生？」

安妮沉默了一兩分鐘，躊躇地說：「我也不知道。蘿達，我們別談這事好嗎？你知道我是多麼厭惡提起它。」

「好吧，不說這些了。安妮，你們找的律師如何？枯燥無味，只會照規矩辦事？」

「才不呢，精明得簡直像個猶太人。」

「那就太好了。」蘿達停了一下又問，「安妮，你覺得德斯派少校這人怎麼樣？」

「我覺得他待人很和氣。」

「我看他是墜入情網了。真的，安妮，我敢說他愛上你了。」

「別胡說，蘿達。」

「不信我們走著瞧。」

蘿達暗自思忖道：「他當然會愛上她的，她那麼可愛，可惜太內向……不，她永遠不會跟著他四處去探險的，看見蛇她一定會驚叫……真奇怪，男人往往會看上不相配的女孩。」

接著她大聲對安妮說：「我們可以乘那輛車到派汀頓車站，正好能趕上四點四十八分的火車。」

19 商議

白羅房間裡的電話響了，他拿起話筒，是一個彬彬有禮的聲音。

「我是奧康納警官。巴鬥主任讓我問候您。他還問您是否方便在十一點半來蘇格蘭警場一趟？」

白羅欣然應允，奧康納警官掛上電話。

白羅準時十一點半到蘇格蘭警場，剛下計程車，便迎面碰上奧利薇夫人。

白羅先生，碰見你真是太好了！你能幫我個忙嗎？」

「Enchante[16]，夫人。只是不知道我能為你做些什麼？」

16 法語，意思是「非常樂意」。

「你能替我付車錢嗎？不知怎的，我拿錯了錢包，裡面裝的是外幣。可是這個司機不肯收法郎、里拉，也不收馬克。」

白羅殷勤地掏出一些零錢替奧利薇夫人付了帳。兩人一起走進辦公大樓。

他們被引進巴鬥主任的辦公室，巴鬥主任坐在桌子後面，樣子比平常還呆板。

「活脫是一尊雕像。」奧利薇夫人低聲對白羅說。

巴鬥主任起身迎上前來，和兩人握過手後，請他們在椅子上坐下來，他說：「我認為是開個小會的時候了。你們一定想知道我的進展，我也想了解你們的狀況。先坐一會兒，雷斯上校一來就開始。」

他的話音剛落，門就開了，雷斯上校走了進來。

「巴鬥先生，真抱歉我來遲了，你好，奧利薇夫人。你好，白羅先生。明天我就要出遠門，有許多事得料理。」

「你要出遠門，上哪兒去？」奧利薇夫人問。

「巴基斯坦西南部，一次小規模的狩獵。」

「聽說那兒最近不太安寧，你可得小心點囉。」白羅開玩笑說。

上校一本正經地回答：「我會小心的。」眼睛卻調皮地眨了幾下。

「雷斯上校，你那兒有些什麼消息嗎？」巴鬥主任問道。

「我給你帶來德斯派少校的個人資料。哪——」他說著遞給巴鬥主任一疊文件。「上面有許多日期和地點，大都是無關緊要。從資料看來，德斯派少校沒有可議論的地方，驍勇、果斷、嚴守軍規。他到過非洲很多地方，當地人對他是有口皆碑。他們給他取了許多外號，我記得其中一個是『寡言的清官』；白種人則認為他是個道地的紳士，頭腦冷靜，有遠見，靠得住，槍法也很好。」

巴鬥主任不為頌詞所動，他問：「有沒有牽涉到暴斃事件的記錄？」

「我特別留意過這方面的事。他曾經冒死從獅子口中救出一個同伴。」

巴鬥主任嘆了口氣說：「我感興趣的不是救人的事。」

「巴鬥主任，你這人真固執。」雷斯上校無可奈何地說，「看來只有一件事會讓你感興趣，德斯派少校曾經和著名的植物學家勒斯莫爾教授夫婦一同去南美旅行，途中教授突然發高燒死了，就葬在亞馬遜河附近。」

「發高燒死了，呃？」

「是的，死於高燒，不過有一點值得一提：一個抬棺材的當地人，突然因偷竊被解雇。他說教授不是發燒死的，而是中彈身亡。當時並沒有人把這話當真。」

「也許現在就不一樣了。」巴鬥主任說。

雷斯上校搖搖頭。

「我給你找來了你要的資料，怎樣處置它們是你的事。不過我敢確定他不會幹這種卑鄙的事。他是個光明磊落的人，巴鬥主任。」

「你是說他不會犯下謀殺案？」

雷斯上校遲疑了一下：「是的，他不會犯下我說的那種謀殺案。」

「但要是理由充分，他不見得絕不殺人。你是這個意思吧？」

「他若對某人開槍，那一定是有充分的理由。」

「任何人都不該按自己的標準去審判別人。」

「偶爾也會有這種事，不是嗎？」

「我認為不該有這種事。你說呢，白羅先生？」巴鬥主任轉過臉來問白羅。

「我也是這樣想的，我一向不贊成殺人。」

「多不通人情的說法呀！」奧利薇夫人說，「聽起來就像在討論如何獵狐或打白鷺絲來做女帽似的。白羅先生，你不認為有些人是該殺嗎？」

「那——那是當然。」

「那還說什麼呢！」

「你誤解我的意思了。在一樁謀殺案中，引起我關心的不是受害人，而是這件事對凶手個人的意義。」

「戰爭中的廝殺呢？」

「那完全是另外一回事了。打仗時殺死對方，並不是個人在行使判決的權力，真正的危險就在於——一旦某個人自以為他知道誰該活誰不該活，他就會變成世界上最危險的殺手，一個目空一切的狂暴之徒。他毀滅生命不是為了世俗的利益，而是基於某種理念；他僭越了上帝的職能。」

雷斯上校站起身來說：「對不起，諸位，我不能再陪你們了，明天出門前還有許多事得準備。巴鬥先生，我衷心希望這個案子快點了結，不過，要是你對我說永無結果我也不會吃驚。真的，就算你們發現凶手是誰，也未必能讓他定罪。我給你找來了你要的東西，但我絕不認為德斯派是凶手，我也不相信他以前殺過人。謝塔納可能聽說過勒斯莫爾教授一事的流言，但最多也就是這樣了。德斯派是個正人君子，我不相信他會幹出這種蠢事，這是我的看法，我對人性還是有幾分了解的。」

「你見過勒斯莫爾夫人嗎？她長得什麼樣子？」巴鬥主任問。

「她就住在倫敦，你可以自己去拜訪她。文件中就有她的地址，在南肯辛頓。但我再說一遍，我敢打包票德斯派少校不是凶手。」

雷斯上校走出房間，步子無聲無息，敏捷得像一流的獵人。

門關上後，巴鬥主任心事重重地點點頭說：「雷斯上校的話也有道理，他很了解人性。不過我們仍然要探究每一個細節。」

他翻閱著上校送來的文件，不時用鉛筆在一旁的筆記本上做筆記。

「嗯，巴鬥先生，」奧利薇夫人問道，「你不是要告訴我們，你有些什麼收穫嗎？」

巴鬥主任抬頭看奧利薇夫人一眼，嘴角朝上一咧，刻板的面孔出現一絲笑意。

「一切都還沒有頭緒，希望你能諒解。」

「你不用繞圈子。」奧利薇夫人說，「我壓根就沒指望你對我們透露你不想說的事。」

巴鬥主任搖搖頭說：「不，我會告訴你們我的全部打算——我認為這是破獲此案的最佳方法。」

奧利薇夫人把椅子挪近了一些，迫不及待地說：「那就快說吧。」

巴鬥主任慢條斯理地說：「首先必須說明的是，迄今為止，誰是兇手仍然不知道。謝塔納的書信文件中找不到一點線索或暗示，四個有嫌疑的人都有專人盯梢，卻沒什麼具體的結果。看來還真像白羅先生說的那樣，唯一的希望就是調查他們的過去（畢竟，謝塔納曾對白羅吹過牛，這點很重要）。查查這些人的過去，也許能順水推舟地找出兇手。」

「很好，」奧利薇夫人說，「那你找到什麼沒有？」

「我打探到某個人的舊事。」

「誰？」

「羅伯茨醫生。」

「哦！」奧利薇夫人情緒激動，急切地等著聽。

巴鬥主任仍然慢條斯理地說：「白羅先生知道，我從各方面調查過他，證實了他的近親沒有猝死的記錄。於是轉而探究他生活中的細微末節，這方面也是收穫甚少，但有件事引起了我的注意。說起來也許有點牽強。傳聞幾年前羅伯茨醫生曾和一位姓克拉多克的女病人關係曖昧，也許並沒有實質上的交往，說不定完全沒這回事，但那是一個有點神經質的病人，她經常控制不住情緒在大庭廣眾吵嚷。她丈夫聽到風聲——要不就是她向他『坦白』了，總之一場軒然大波平地而起。羅伯茨醫生的處境可危，憤怒的克拉多克先生威脅說要向醫學委員會告狀。要是他真的這麼做，羅伯茨醫生的前程可就毀了。」

奧利薇夫人屏住氣問：「後來呢？」

「羅伯茨醫生倒是當時就設法使他安靜了下來——可是不久以後，克拉多克先生就患炭疽病死了。」

「炭疽病？那不是一種牛瘟嗎？」奧利薇夫人說。

「完全正確，這可不是南美印第安人那種難找端倪的箭毒！你們可能還記得，幾年前市面上曾經出現過一些廉價刮鬍刀，沾染了這種細菌。克拉多克先生就是使用了這種刮鬍刀後染病身亡的。」

「是羅伯茨醫生給他看的病？」

「不是的，他可是謹慎得很呢。何況克拉多克先生也未必信得過他。有一點值得注意，羅伯茨醫生的另一個病人當時也染上了這種病。」

「你懷疑羅伯茨做了手腳？」

「沒有證據，隨便猜猜而已，但也不是完全不可能。」

「他沒娶克拉多克夫人？」

「噢，天哪！怎麼可能呢？我估計這個『桃色事件』多半是女方的一廂情願。聽說她有意把事情鬧得沸沸揚揚，但是不久之後她又突然高高興興地決定出國到埃及過冬。她病死在埃及，是一種地方性流行病，名字很長，你不會感興趣的。這種病在英國鮮見，在埃及當地卻很普遍。」

「那麼她的死就與醫生無關了。」奧利薇夫人說。

「我不敢肯定。」巴鬥主任慢吞吞地說，「我曾經和一位研究細菌學的朋友談過這種事。你知道，要想從這些學究口中得到乾脆的答案有多困難，他們總是說：『在某種情況下也有這種可能』、『這取決於接種者的病理情況和個人體質』、『以前倒也聽說過這類例子』全是些模稜兩可的話。但是在繞了許多彎後，我終於得出一個結論：這種病在體內有一段潛伏期。於是我就想，她會不會在出國前就染上了？」

白羅問道：「這位夫人去埃及前打過傷寒預防針沒有？大多數去那兒的人都要打的。」

「你是怎麼知道的，白羅先生？她確實是打過傷寒預防針。」

「羅伯茨醫生給她打的？」

「你又說對了。但是我們無法證明任何事。克拉多克夫人照常規打了兩針，至於是不是傷寒疫苗，這個我們並不知道，永遠都不會知道了。我現在只不過是在做假設，假設一種可能性。」

白羅想了一下，點點頭同意巴鬥主任的說法。

「這倒也和謝塔納的話吻合，他說他欣賞狡計得逞的凶手，說其本領就在於讓別人找不到證據。」

「那謝塔納又怎麼會知道呢？」奧利薇夫人問。

白羅聳聳肩說：「這恐怕也和克拉多克夫婦的怪病一樣，是個永遠的祕密了。我只知道他也去過埃及，他就是在那兒認識洛里默夫人的。也許他偶然聽到某個給克拉多克夫人治病的醫生，提到她奇怪的病情和有悖常理的發病過程，又在別的場合風聞羅伯茨醫生和她的閒言閒語。他可能刻意對羅伯茨暗示幾句高深莫測的話，捕捉到對方驚駭和警覺的眼神。有些人天生有洞悉別人祕密的非凡本領，謝塔納先生就是其一。我們只能說——他做過猜測，但是他猜對了嗎？」

巴鬥主任說：「我想他猜對了。我們這位快活親切的醫生不是非常規矩的人，我就接觸過幾個這種性格的人——奇怪，這些人怎麼這麼像？很可能就是他殺死了克拉多克先生。同樣的，如果克拉多克夫人開始討人厭，又會引起事端，那他有可能對她下毒手。但謝塔納是不是他殺死的，這才是真正的問題。我感到疑惑的是，既然在對付克拉多克夫婦時，他都是利用病菌，又都成功了，這次也應沿用老法子才是。他可以利用某種病毒或細菌，何必要用匕首？」

奧利薇夫人突然一反自己原先的堅持：「我從不認為是他，從來不認為，他太明顯了。」

「好了，」白羅對兩人提議，「暫時先把羅伯茨放一邊，另外幾個人的情況呢？」

巴鬥主任不耐煩地揮手說：「更是毫無頭緒。洛里默夫人已守寡二十年。她大多數時間住在倫敦，偶爾出國過冬，去里維拉[17]和埃及，她的生活正常高尚，是個深明世故的女人，受人尊重，熟識的人對她的評價很高。這位夫人最大的短處就是她受不了笨蛋。我得承認，這條線的查工作完全陷入膠著。但是她一定有什麼祕密！至少謝塔納以為她有。」

他垂頭喪氣地嘆息道：「還有安妮．梅雷迪小姐。我已經查清楚這位女孩的來歷。她是已故軍官的女兒，幾乎沒有從父母那兒繼承到任何財產。現在是自食其力。沒受過什麼專門訓練。我查閱過她幾年前在丘特漢的記錄，簡單至極。大家都很同情這位孤苦伶仃的女孩。她起先在懷特島一個姓埃爾登的人家幫傭，兼做保姆。這家人現在在巴勒斯坦。我找過埃爾登夫人的妹妹，她說她姐姐很喜歡這位女孩。他們家那段時間也沒有人猝死。

「埃爾登一家出國後，安妮．梅雷迪小姐去了德文郡，她一個叫蘿達．道斯的同學介紹她到自己的姑姑家。梅雷迪小姐在這位姑姑家待了兩年多，給她當侍伴，直到她病重，需要護士專門護理才離開。這位姑姑現在還活著，但是已經病得有點神智不清了，我想是靠嗎啡拖著吧。我找過她，她還記得安妮，稱讚她是個好女孩。我又找到她當時的一位鄰居，他確定除了一兩個年紀大的村民外，近幾年他們那兒沒有死過其他人，更別說發生暴斃事件了。

「她去過瑞士，實際上她就是在那兒認識謝塔納的。我去那兒調查過，一無所獲。她現在住在沃靈福德，那兒也沒找到什麼。」

「這麼說來，安妮．梅雷迪小姐應該是沒有嫌疑囉？」白羅問道。

巴鬥主任沒有馬上回答，他想了一下才說：「我不敢這麼確定。我總覺得這女孩的神色有點……有點惶惑。我看不完全是因為謝塔納，她的戒心太強，警覺性太高了。我發誓她一定有什麼問題——但是她的經歷又無懈可擊。」

奧利薇夫人深深地吸了一口氣，努力控制住因激動而發顫的聲音：「曾經有個女人中毒死亡，當時梅雷迪小姐正好在她家。」

語出驚人，擲地有聲。奧利薇夫人一點都不後悔透露了這個祕密。

端坐在椅子上的巴鬥主任猛地轉過身來，雙眼直直地瞪著她。

「真的！你怎麼知道的，呃？」

「我也一直在調查呀。」奧利薇夫人說，「我決定從她身上著手，我去拜訪她們，設法讓她們相信我懷疑是羅伯茨醫生。那個名叫蘿達・道斯的小姐對我坦率熱忱，我猜是崇拜名人吧。可人兒梅雷迪小姐明顯地厭惡我，看得出她心懷疑忌。她若沒什麼事要隱瞞，何必如此？我邀請她們到倫敦時上我家做客，蘿達・道斯一個人來了，主要是替她朋友那天的失態道歉。她又說是因為我的一句話勾起了梅雷迪小姐痛苦的回憶。她把我剛才對你們說的事告訴了我。」

17　里維拉（Riviera），法國東南部和義大利西北部沿地中海的假日遊憩勝地。

「她說了時間地點嗎？」

「三年前在德文郡。」

主任低聲地嘀咕著，茫然地在筆記本上亂塗一氣。他那刻板的安詳動搖了。奧利薇夫人端坐在椅子上享受她的勝利，這真是甜蜜的一刻。

巴鬥主任對奧利薇夫人說：「夫人，我得向你致敬，你這次的表現真讓我們汗顏。這是非常有價值的情報。這說明一個人多麼容易讓線索從手中溜掉。」他皺起眉頭想了一下說：「那她在那兒待的時間一定不長，我估計不會超過兩個月。一定是在離開懷特島又尚未到迪林夫人家去的這段空檔中。對，一定是這樣。埃爾登夫人的妹妹只知道她去了德文郡，但不知道具體的人家和地址。」

「這位埃爾登夫人是不是有點懶散？」白羅問。

巴鬥主任定眼看著他。

「白羅先生，真奇怪你會問這個問題，不曉得你是怎麼知道的。埃爾登夫人的妹妹是個條理清楚的女人，我記得她這樣評價她姐姐：『我姐姐既懶散又糊塗』。不過你到底是怎樣知道的呢？」

奧利薇夫人搶著回答：「因為她要別人照顧她的生活。」

白羅搖搖頭說：「不，不是因為這個。算了，小事一樁，我只是好奇。請接著往下說，巴鬥先生。」

「我一直以為她是直接從埃爾登夫人家到迪林夫人家的。這女孩真不簡單，惺惺作態騙過了我。」

「撒謊並不代表她一定有罪。」白羅說。

「這個我懂，我並沒有對她下結論。」巴鬥主任說，「有種人天生愛說假話，什麼有利說什麼，恐怕她就是這種人。不過隱瞞這種事得冒風險呢。」

「她並不知道你要調查她過去的罪行啊。」奧利薇夫人說。

「那就更沒有必要遮遮掩掩了。人們多半認為那女人是意外死亡，她有什麼好怕的呢？除非她有罪。」

「對，」白羅附和道，「除非她有罪。」

巴鬥主任轉過頭來看著他說：「但是，就算那位夫人死得蹊蹺，也不能證明她與謝塔納命案一定有關。不過別的命案也是命案，我不能讓任何一個凶手消遙法外。」

「照謝塔納的說法你做不到。」白羅說。

「克拉多克夫婦的死因確實很難查清楚，但是這位夫人就不一定了。我明天就上德文郡去。」巴鬥主任說。

奧利薇夫人提醒他：「你知道上哪兒去查嗎？我沒有向蘿達打聽細節。」

巴鬥主任笑著對她說：「你沒驚動她是很聰明。這事對我來說不難，當時一定驗過屍，我可以查查驗屍報告，這是警方的例行工作，他們明天一早就能給我抄來地址。」

奧利薇夫人說：「現在就剩下德斯派少校了。你有什麼收穫嗎？」

巴鬥主任回答說：「唔，你們也看見了，我一直在等雷斯上校的消息。不過我讓人盯他的梢。有件事很有意思，德斯派少校去過沃靈福德。但是你們還記得吧，他說他是那天在謝塔納家才認識梅雷迪小姐的。」

「她確實是個可人兒啊。」白羅咕噥道。

巴鬥主任笑著說：「但願如此吧。呃，德斯派少校並沒有閒著，他已經找過律師了。是不是預感到了什麼？」

「防患於未然嘛。」白羅說，「他已經習慣了應付偶發事件。」

巴鬥主任嘆息道：「這種性格的人，不太可能臨時起意捅人一刀。」

「除非是走投無路了。」白羅說，「別忘了，速戰速決也是他的特點。」

巴鬥主任隔著辦公桌打量著他，問道：「白羅先生，你的牌呢？你好像還沒攤出來。」

白羅笑一笑說：「點數太低了。別以為我瞞你，我確實是收穫甚少。除了安妮．梅雷迪小姐外，我分別找過其他三個人。我探出了什麼？羅伯茨醫生觀察力很敏銳。相反的，洛里默夫人專注力很強，因而對周遭的一切視若無睹；不過這位老太太喜歡養花。至於德斯派少校，他只注意吸引他的東西——地毯、獵物標本等。他既沒有我所謂的外在視野——留心周圍的細微末節，這種人就是觀察型的人；也沒有我所謂的內在視野——專心一致，將注意力集中在某一件事情上。看來他的觀察力有些侷限，只是有目的地注意投合自己的東西。」

「就這些？」巴鬥主任滿腹狐疑地問道。

「就這些，難登大雅之堂。」

「你還沒找過梅雷迪小姐？」

「最後一個才輪到她，不過還是會請她回憶房間裡的擺設。」

「真是別樹一格。」巴鬥主任想了一下問道，「假若他們存心誤導你呢？」

白羅笑起來，頭一搖說：「不，不可能。無論是想阻止我還是想幫助我，他們都會洩漏自己的心靈類型。」

巴鬥主任說：「這話也有道理，不過這種辦案的方式不適合我。」

白羅仍然笑容可掬地說：「和你們比起來，我真的是成效甚微，我的點數最低。」

巴鬥主任對他眨眨眼睛。

「說到點數，白羅先生，王牌二的點數最小，但是它可以吃另外三張A。好了，現在我想請你做一件具體的事。」

「什麼事？」

「替我造訪勒斯莫爾教授的遺孀。」

「你為什麼不自己去呢？」白羅問。

「因為，如我剛才所說，我要去德文郡。」

「是嗎？」白羅又問。

「噢，你真不好騙。好吧，告訴你實話，我覺得你比我更能套出她的話。」

「因為我的方法比較拐彎抹角？」

巴鬥主任嘴角一咧：「你也可以這麼說。我聽傑派警官說，你很善於誘人剖白。」

「像已故的謝塔納先生一樣？」

「你認為他能套出她的話？」

「我想他已經套出來了。」白羅慢慢地說。

「你這樣說有根據？」

「德斯派少校曾偶然說過一句話。」

「他也露出馬腳了？這可不像他的作風啊。」

「噢，親愛的朋友，除非永緘其口，不然誰也難保不露出馬腳，所謂言為心聲嘛。」

「連說謊也會洩密？」奧利薇夫人問。

「也一樣，夫人。因為一個人的謊言恰恰透露出他想掩飾的隱情。」

「這真讓人不舒服。」

奧利薇夫人邊說邊站起身來，她向他們兩個人告辭，說她有事得先走了。

巴鬥主任殷勤地將她送至門口，和她握手告別。

「奧利薇夫人，你真能幹，比你那位高個子的拉普蘭偵探能幹多了。」

「是芬蘭偵探。」奧利薇夫人糾正他，「他是有點白癡，不過讀者喜歡他。再見。」

「我也得走了。」白羅說。

巴門主任在一張紙上寫了個地址，遞給白羅。

「給你，去套出她的話吧。」

白羅笑著問道：「你想要我去查出什麼呢？」

「勒斯莫爾教授死亡的真相。」

「親愛的巴門主任，有誰能獲知任何事情的真相嗎？」

巴門主任決斷地說：「我要去德文郡，查明那位夫人的真正死因。」

「這我可不敢肯定。」白羅嘀咕道。

20 勒斯莫爾夫人的見證

在勒斯莫爾夫人南肯辛頓的住宅門前，開門的女傭不屑地看著白羅，大有將其拒於門外之意。白羅微笑著，彬彬有禮地遞過一張名片說：「請將這張名片交給夫人，我想她會接見我的。」

這是他設計最華麗的一種名片，名片的一角赫然印有「私家偵探」等字樣。這是為和女性打交道而刻意印上的，幾乎每一個女性，不管涉及案情與否，都會想見見私家偵探，弄清楚他要幹什麼。

白羅一個人尷尬地在門口等候，他厭惡地打量那久未擦拭的門環，心想：「髒兮兮的，該鍍鍍銅了。」

女傭回來，興奮得氣喘吁吁。她叫白羅隨她進去。

他被帶進一樓的某個房間。裡面光線很差，空氣中混雜著腐爛的植物和未清的菸灰缸氣味。椅子上放有許多絲織坐墊，全是舶來品，看上去也需要清洗了。四壁呈翠綠色，天花板是假銅做的。

一位高大端莊的美婦人站在壁爐邊，她迎上前來，以沙啞的聲音說：「你就是赫丘勒．白羅先生？」

白羅朝她深深一鞠躬，樣子既誇張又古怪，一反他平常的舉止，不僅很像外國人，而且還是個華而不實的外國人，讓人禁不住想起已經命歸西天的謝塔納先生。

「你有事找我？」勒斯莫爾夫人問。

白羅又鞠了一次躬，說：「我們能不能坐下來談談？這事需要點時間——」

她有點不耐煩地朝一張椅子揮了揮手，示意他坐下，自己也在沙發邊緣上坐下來。

「這樣行了吧，嗯？」

「很好。夫人，我來是向你打聽點事，私人的事。你懂我的意思嗎？」

白羅愈是慢條斯理，勒斯莫爾夫人愈是耐不住性子。她問道：「什麼事？你要問我什麼私事？」

「有關勒斯莫爾教授的死因。」

她愣了一下，呼吸突然急促起來。她驚訝地看著白羅，問道：「你為什麼問這個問題？我不懂你是什麼意思，這與你有什麼關係？」

白羅細細打量著她，半晌才說：「我的一個朋友正在寫一本書，是你丈夫的傳記。他希望能確定一切情況，這也是其中之……」

她唐突地打斷他的話說：「我丈夫死於熱病——在南美的亞馬遜河。」

白羅往後一仰，靠在沙發背上，緩慢地，非常緩慢地搖了搖頭，表情乏味地令人難受。

「夫人，夫人……」他抗議道。

「這是事實，我可以作證，我當時在場。」

「啊，當然，你當然在場，我的消息來源也是這麼說的。」

「誰？」她的嗓門提得老高。

「謝塔納先生。」白羅目不轉睛地看著她。

她身子往後一縮，像是被鞭子打了一下似的。

「謝塔納？」她喃喃地說。

「一個了不起的人。」白羅說，「見多識廣，學問甚豐，這種人知道許多祕密。」

勒斯莫爾夫人用舌頭舐了一下乾燥的嘴唇，低聲說：「我就猜他什麼都知道。」

白羅朝前一傾身子，輕輕拍了她的膝蓋說：「比方說，他就知道勒斯莫爾教授並非死於高燒。」

說完他又仰靠在沙發背上，他要看看他的話會產生什麼效果。

她瞪大了兩眼看著他，雙眸中透露出驚慌和絕望，好不容易，她才回過神來。

「我不明白……我不明白你在說些什麼。」

她的聲音聽起來空空洞洞的。

「夫人，」白羅說，「我看你還是直說吧，我這就亮出我的底牌：你丈夫不是熱病死的，他是中彈身亡。」

「啊！」

勒斯莫爾夫人大叫一聲，她雙手掩面，身子晃來晃去的，樣子痛苦極了。但白羅覺得她有幾分在享受自己的情緒。

白羅平靜地說：「我看，你還不如全盤托出好些。」

她移開雙手露出面孔說：「完全不是你想的那回事。」

白羅身子又往前傾，拍拍她的膝蓋說：「你誤會了，你完全誤會我的意思了。我知道不是你開的槍，是德斯派少校。你只是這事的起因。」

「我不知道，我真的不知道，也許是吧。太可怕了，我真是命運多舛啊。」

「啊，是呀。」白羅同情地說，「我怎麼常常碰到這種情況？有些女人無論走到哪裡，總有悲劇尾隨著她們。這不是她們的錯，有些事不是她們能左右的。」

勒斯莫爾夫人深深嘆了一口氣。

「可見你了解我，我知道你能了解我，這是自然而然發生，無法避免的。」

「你們和德斯派少校結伴旅行，是吧？」

「是這樣的，當時我丈夫正在寫一本稀有植物的書，他要到南美去考察。有人把德斯派少校介紹給我們，說他熟悉那兒的情況，可以為我們安排主要的行程。我丈夫很喜歡他，我們就一起出發了。」

她停了下來，陷入深深的沉思。白羅沒有打斷她，過了一分半鐘，他才彷彿自言自語地說道：「噢，想像得到，蜿蜒的河流，迷人的夜色，昆蟲的嗡鳴聲，還有魁梧的軍人和妙齡的女子……」

勒斯莫爾夫人嘆息道：「我丈夫比我大得多。我結婚的時候還像個孩子，根本就不懂婚姻意味著什麼。」

白羅同情地點點頭。

「這個我理解，這種事常發生。」

勒斯莫爾夫人繼續說：「德斯派少校和我都不願承認這個事實，他從來沒說過什麼，他是個君子。」

「但是女人感覺得到。」白羅說。

「你說得對極了——是的，女人感覺得到，但我從未讓他知道。從頭至尾我們都以『勒斯莫爾夫人』和『德斯派少校』相稱。我們就這樣自欺欺人地相處下去。」

她沉默下來，沉浸在那份高尚情懷的回憶中。

白羅小聲說：「對，人必須活得光明磊落。貴國有一位詩人就曾這樣寫道：『我若非珍惜公理，就不會如此愛你。』」

「不，他說的是榮譽。」勒斯莫爾夫人皺眉糾正道。

「對，對，榮譽，『我若非珍惜榮譽』。」

「這段話就像是為我們所寫的一樣。」勒斯莫爾夫人低聲說，「我們都決心不去碰觸那個致命的字眼，無論這樣做代價有多大，直到……」

「直到什麼？」白羅催促道。

「那是一個可怕的夜晚……」勒斯莫爾夫人說著，忍不住打了個寒噤。

「哦？」

「我想他們一定發生過爭執，我是指德斯派少校和我丈夫。我從我的帳篷出來……我從帳篷出來……」

「你走出帳篷怎麼了？」

勒斯莫爾夫人看著前方，雙眸又大又深，往事一一展現在眼前。

「我走出帳篷，他們正在……」她打了個寒噤，「噢，我記不清所有的細節了，我只記得我一下子攔在他們中間。『不，這不是真的！』我高聲嚷道。我丈夫根本不聽。他威脅約翰[18]，約翰被迫開槍，他是自衛。啊！」她大叫一聲，雙手掩面。「他死了，像石頭一般動

18 德斯派少校的名字。

也不動，子彈穿過了他的心臟。」

「這對你來說太可怕了，夫人。」

「我永遠也忘不了。約翰很高尚，他要去自首，我當然不能讓他這麼做。我們爭論了一夜，我不斷對他說：『為了我，你千萬別這樣。』最後他也明白了，他不能讓我蒙受恥辱。噢，想起來就覺得可怕，公眾的輿論，報上的花邊新聞標題：『兩男一女在南美的原始叢林中爭風吃醋，原始的情慾』——

「我苦口婆心地勸他，最後他讓步了。其他人既沒看到也沒聽到什麼，我們就決定說他是發高燒死的。我們把他安葬在亞馬遜河邊。」

她痛苦地嘆息，身子還在發抖。

「後來我們就回到文明世界，永遠不再見面。」

「有必要如此嗎，夫人？」

「呃，雖然我的丈夫死了，但是他仍然像活著時一樣橫梗在我們之間，也許影響更大。我們互相道別，永遠永遠地道別。偶爾在社交場合相遇，也是彬彬有禮地客套幾句，旁觀者絕對不會想到我們曾經有過一段共同的經歷。然而我們從彼此的眼神中知道，我們將永遠忘不了。」

她靜靜坐著，不再說話，白羅的目光停留在窗簾上，沒有打破這寂靜。

勒斯莫爾夫人打開粉盒，往鼻子上撲了些粉，據說這樣能破除魔咒。

「這真是一齣悲劇。」白羅終於說話了，口氣也平靜多了。

「我想你能理解，真相絕不能洩漏出去。」勒斯莫爾太太懇切地說。

「這真是件棘手的事——」

「怎麼會呢？你的那位朋友，就是那個作家，他當然不想傷害一個無辜的女人吧？」

「也不會害一個無辜的男人上絞架。」白羅咕噥道。

「你是這樣看的？我太感到欣慰了。他確實是無辜的。情殺算不上是犯罪，更何況他根本就是自衛，他是被迫開槍的。白羅先生，所以你應該能夠理解，世人仍得認為我丈夫是死於熱病。」

白羅喃喃說：「作家的心腸有時會出奇地硬。」

「你的朋友恨女人？難道他想讓我們受罪嗎？你必須阻止他，我絕不能讓他這麼做。我會把事情攬過來，我會說是我開的槍。」

她站起身來，頭向後一仰。

白羅也站起來了，他拉著她的手說：「夫人不必壯烈犧牲，我會盡力不讓世人知道事實的真相。」

她端莊的面孔上悄然浮現一絲甜蜜的微笑，勒斯莫爾夫人優雅地舉起手來，白羅不管願不願意，都只得吻了一下。

「白羅先生，一個不幸的女人向你致謝。」

這是一位遭受到迫害的女王對愛臣的臨終遺言。很顯然，這是今天的退場話了。白羅趕緊告辭。

一到街上，他深深地吸了一大口新鮮空氣。

21 德斯派少校

「Quelle femme[19]，」白羅嘀咕道，「可憐的德斯派竟得忍受這種痛苦，可怕的旅程！」

他突然笑起來了。

他走在布朗普頓大街上，突然停了下來，從衣袋裡拿出掛錶，算了一下時間。

「還來得及，再說讓他等等也無妨。唔，我那位英國警察局的朋友愛哼哼什麼來著？那是多久以前？快四十年了，『送塊糖給小鳥吃』。」

白羅哼著一支早就不再流行的曲子，走進一家豪華的女裝店，來到襪子櫃前。

他看準了一個樣子和善、不那麼驕傲的年輕女店員，上前說明自己的要求。

19 法語，意思是「好一個女人」。

「長筒絲襪？有的，我們有很多上好的貨色，保證是純絲的。」

白羅搖搖手表示不要這種，又給她解釋了一遍。

「先生是要法國絲襪了？噢，很貴的哩，要另外算關稅的。」

女店員說著，拿出一堆新盒子。

「太漂亮了。」白羅讚嘆道，「不過小姐，還有質地更好的嗎？」

「當然有，我們這兒貨色齊全，還有特別高級的，只是價錢很貴，三十五先令一雙，而且又不耐穿，像蜘蛛網一樣。」

「就是這種，就是這種。」

女店員又進去了，這回去了很久。

她終於回來了。

「抱歉，這種的價錢是三十七先令六便士一雙。你看，真是漂亮極了。」

她小心地從薄封套中取出薄如蟬翼的細緻絲襪。

「終於找到了，就是這種。」

「很漂亮，是吧？先生，你要幾雙？」

「我要，嗯，讓我想想看……我要十九雙。」

櫃檯後的年輕店員差點跌倒，幸虧她已經習慣各種稀奇古怪的顧客。她仍然挺直地站著，小聲說：「兩打可以打折，先生。」

「不，我就要十九雙，多選幾種顏色，麻煩你。」

女店員順從地按照白羅的意思選好十九雙襪子，包裝好，填上售貨單。

白羅走出商店後，旁邊的一位女店員說：「不知道誰是那位幸運的女孩。我敢說他一定是個老風流，看樣子她把他騙得團團轉了。這可是一雙三十七先令六便士的絲襪呢。」

白羅不知道身後有人這樣貶低他的人格，他正慢慢朝家的方向走去。

白羅進門半小時後，門鈴響了。幾分鐘後，德斯派少校走進屋來。

「你到勒斯莫爾夫人那兒去幹什麼？」他問道，看起來已是怒不可遏。

白羅微笑地說：「我想搞清楚勒斯莫爾教授的真正死因。」

「真正死因？你相信那個女人的話？」德斯派少校怒氣沖沖地反問道。

「嗯，我也有點懷疑。」白羅承認。

「那就好。你知道嗎，那女人神經兮兮的。」

白羅反駁道：「不，她不是神經，只是太過羅曼蒂克罷了。」

「羅曼蒂克個鬼啦，她根本就是在作戲。有時候，我覺得她根本把自己編出來的故事當真了。」

「這倒是很有可能。」

「那個女人叫人毛骨悚然，那次旅程簡直就是地獄之行。」

「這我也完全相信。」

德斯派少校砰地在椅子上坐下來：「聽著，白羅先生，我現在就告訴你真相。」

「你是說你以為的真相？」

「我的話句句屬實。」

白羅沒有答話，德斯派少校淡然地往下說：「我也知道現在說出來沒什麼幫助，我說出實情是因為情勢所逼，信不信是你的事，反正我也沒證據證明我的話是真的。」

他沉默了一兩分鐘後開始說：「我為勒斯莫爾夫婦安排行程。勒斯莫爾教授是個和藹的老先生，對苔蘚和各種植物都很著迷。勒斯莫爾夫人……呃，你已經觀察過她是哪種人了。噢，整段旅程就像一場惡夢。我對那女人一點也不感興趣，實際上我很討厭她。她熱情得過分，經常讓我很尷尬。頭兩個星期平安無事地過去了。後來我們都發高燒，勒斯莫爾教授病得比我們都重——那天晚上，從現在起你得仔細聽著——我坐在帳篷外面，突然發現他遠遠地朝河邊的灌木叢走去，他燒得迷迷糊糊的，連自己在幹什麼都不知道了。眼看他就要掉進河裡了，那個地方太危險，他會淹死的。我想跑過去把他拉回來，但是已經來不及。只有一個辦法可以阻止他。我的來福槍總是隨身帶著，我拿起槍來，自信槍法很準，一定能射中教授的腿部。誰知就在子彈出膛的那一剎那，那個白癡女人不知打哪兒鑽出來，撲在我身上，嘴裡嚷著：『別開槍！』她抓住我的手臂，子彈打歪了，正好打中教授的後背，他當下就嚥氣了。

「我無法向你描述那可怕的一刻，那個該死的女人還不明白自己幹了些什麼，她完全不知道她該對丈夫的死負責，反而認定我是因為愛她而有意殺死教授，真拿她沒辦法！我們吵得很凶，她堅持要對外面說他是發燒死的，這讓我感到非常難過，特別是看到她並不知道自己闖了什麼禍。要是說出真相，她就會明白這一切。可是她百分之百確定我對她已是墜入愛河不能自拔，這真是讓我不知如何是好。要是她這麼嚷嚷出去，事情可怎麼得了。最後我屈服了，同意照她說的，對外宣布教授是發高燒死的。我承認，這樣做部分是想圖個清靜，畢竟，發燒死亡和發生意外沒有多大差別。儘管這個女人讓人討厭，我還是不忍心讓她面對種種不愉快。第二天我宣布教授是發燒死亡，我們為他舉行了葬禮。當然，抬棺材的人都知道真相，但是他們對我很忠心，必要時他們會發誓證實我的話。我們葬好勒斯莫爾教授後，回到文明世界，此後我費了一番周折，總算是避開了那個女人。」他停了下來，平靜地說：「白羅先生，這就是我的那段經歷。」

白羅緩緩地問：「那天晚上，謝塔納暗示的就是這件事？或者說，你心裡想到的就是這件事？」

「他一定是聽了那女人的胡謅。要讓她談這件事太容易了，他又特別愛搞這種把戲。」

「這段往事落在謝塔納這種人手裡，對你來說，危險可就大了。」

「我才不怕他。」德斯派少校聳聳肩說。

白羅沒有答話，德斯派少校平靜地說：「這一點你也該相信我。的確，我是有動機想殺死謝塔納。好啦，該說的我都說了，信不信是你的事。」

白羅朝他伸出手說：「我相信，德斯派少校，我相信南美亞馬遜河邊發生的事，正是你說的那樣。」

德斯派少校的面孔明朗起來，他簡潔地說了聲：「謝謝。」

他熱情地握住白羅伸過來的手。

22 康比克雷的查訪

巴門主任在康比克雷警察局裡，臉色紅潤的哈珀警官正在和他說話。哈珀警官說話慢吞吞的，德文郡口音聽起來很悅耳。

「先生，事情就是這樣，絲毫無誤，法醫和其他人都同意。」

「那兩個瓶子的事呢？我想再搞清楚些。」

「好吧。兩個瓶子外表一模一樣，一個裝的是無花果糖漿，另一個裝的是本森夫人塗帽子的顏料。糖漿瓶一般放在浴室的藥架上，本森夫人經常都要服用。

「這瓶原來裝的是無花果糖漿，本森夫人似乎都會按時服用。還有這瓶是她用來塗帽子的顏料——有時則是她的侍伴幫她塗，好讓帽子顏色鮮豔點。原來那個顏料瓶破的時候還剩很多，本森夫人就說：『倒進那個舊瓶子——裝糖漿的瓶子。』這點沒有問題，僕人們都有聽見。梅雷迪小姐、管家和女傭都一致承認。顏料裝進舊的無花果糖漿瓶之後，便和其他雜物一起放到浴室的頂架上。」
「沒有重新貼個標籤？」
「沒有。確實是太大意了。法醫也曾批評這點。」
「請繼續往下說。」
「那天晚上，本森夫人到浴室去，拿了一瓶無花果糖漿和平常一樣倒出來喝。發現喝錯了，家人馬上就去找醫生，不巧醫生正好出診去了，過了一會兒才找到他。他們盡力搶救，但她還是死了。」
「她自己也相信是意外？」
「是的，大家都這麼認為。不知怎麼的，瓶子給弄混了。有人說是女傭撣灰塵的時候放錯了，但是她發誓說這絕不可能。」
巴鬥主任沒有再問下去。他思忖道，太容易了，上下兩個瓶子調換一下位置就行了，而且這種錯誤很難查清楚。可能是戴著手套幹的，因此最後的指紋只是本森夫人的。真簡單，真容易，但終究還是謀殺案啊！算得上是完美的罪行。
然而動機是什麼？為什麼要對她下毒？
「本森夫人死後，梅雷迪小姐沒得到什麼遺贈？」巴鬥主任問。
「沒有，她不過才去了六個星期而已。本森夫人的脾氣很古怪，年輕女孩一般都沒辦法做很久。」

巴鬥主任仍然想不通，如果只是因為雇主不好相處，那麼梅雷迪小姐可以像前任的侍伴一樣一走了之就好。沒必要殺人吧——除非她毫無理由地懷恨在心。他搖搖頭，不對，這樣說不通。

「誰能從本森夫人的死亡中受益？」

「我不太清楚，先生。我想應該是她的侄兒侄女們吧。不過這筆錢不多，分了之後就更少。我聽說她大部分收入是來自養老金。」

那就沒什麼問題了。但本森夫人是意外猝死，安妮．梅雷迪小姐又竭力迴避那段經歷，巴鬥主任仍然放不下心來。

他又查訪了一些人，首先是當時實施搶救的醫生。醫生說話乾脆俐落。他堅持沒有理由說這不是個意外事故。那位小姐？他記不起名字了，當時被嚇得手足無措，悲傷又無奈，樣子怪可憐的。教區牧師也證實本森夫人的最後一位侍伴是個穩重虔誠的女孩。每次本森夫人上教堂她都緊隨其旁。據他說，本森夫人並不難相處，只是對年輕人有點嚴厲，她本人是個嚴謹的基督徒。

巴鬥又試著找了一兩個人，卻沒打聽到什麼有用的消息。他們差不多都記不起這女孩了，她在那兒只待了一兩個月的時間，性格又不夠鮮明，並沒有給人留下太深刻的印象。大家只記得她是個「可人兒」。

本森夫人給人的印象就比較清楚，她是個身材高大魁梧、自以為是的女人，成天支使下人，不停地換傭人，很不討不人喜歡——但也僅此而已。

無論如何，巴鬥主任離開德文郡時，還是覺得梅雷迪小姐謀殺了本森夫人，只是其中的原因還不甚明瞭。

23 兩雙絲襪

巴門主任乘火車從德文郡朝東橫越整個英格蘭時，安妮・梅雷迪小姐和蘿達・道斯小姐正坐在白羅的起居室裡。

安妮・梅雷迪小姐一早就收到白羅寄來的邀請信，她不想赴約，但在蘿達的勸說下她還是來了。

「安妮，你真懦弱，太懦弱了。學駝鳥把頭藏在沙裡有什麼用？你得面對現實。你也是嫌疑犯，雖然是最不像的一個——」

「這才糟糕。」安妮幽默地說：「看起來最不像的人，往往就是凶手哩。」

蘿達不理會她，繼續說：「反正你是涉案人，不要這麼自視清高，好像命案太醜陋，一點都不想和它沾上關係。」

「這事本來就跟我無關。」安妮固執地說：「警方的問題我有責任回答。但是這個赫丘勒・白羅，他只是個局外人。」

「你這樣推推諉諉，他會怎麼想？他不知道你是想置身事外，而認為是作賊心虛。」

「我當然不是作賊心虛。」安妮冷淡地說。

「親愛的，這我知道，你不可能殺人。但這個多疑的外國佬並不知道呀！我認為我們應該高高興興上他那兒去，不然他會到這裡來，試圖套出傭人的口風，這豈不是更煩人？」

「我們沒有傭人好讓他套。」

「阿斯特衛太太呢？她和誰都能喋喋不休地說上半天。別再固執了，安妮，還是去吧，我擔保一定很有趣的。」

「我看不出他為什麼一定要見我。」安妮還在猶豫。

蘿達不耐煩地說：「不就是想挫挫警方的威風嘛。他們常常是這樣的，我指的是這些私家偵探。他們瞧不起蘇格蘭警場的人，認為他們全是笨蛋。」

「你認為這個白羅很精明？」

「看來倒不像個福爾摩斯。但是我想他年輕的時候一定很不錯。當然啦，他現在是個老頭了，至少也有六十歲了吧？噢，安妮，還是去吧，去看看這個老頭兒，他也許還會告訴我們一些人的事情哩。」

「好吧，那就去一趟吧。」安妮又加上一句：「你就喜歡湊這種熱鬧。」

「大概是事不關己吧。」蘿達說，「唉，安妮，你真傻，為什麼不在關鍵時刻抬頭看一眼呢？不然你下半輩子就可以靠敲詐過得像公爵夫人一樣了。」

就這樣，下午三點鐘的時候，兩位小姐已經坐在白羅整潔的起居室裡，用老式的玻璃杯飲用黑莓汁了。她們並不喜歡這種飲料，不過出於禮貌沒有拒絕。

白羅高興地說：「小姐，你能來真是太好了。」

「我想我願意盡力幫助你。」梅雷迪小姐含含糊糊地輕聲說道。

「我有些記憶方面的問題。」

「記憶方面的問題？」

「是這樣的，我已問過其他幾個人，唉，沒有哪個人能給我滿意的答覆。」

安妮沒有說話，她疑惑地看著白羅。

「梅雷迪小姐，你能回憶得起謝塔納家的客廳是什麼樣子嗎？」

她的面孔霍地陰沉下來，滿臉倦怠。莫非她永遠擺脫不了那個惡夢？

白羅注意到她的表情，和顏悅色地說：「這很令人難受，是不是？你這麼年輕，一定是頭一次碰到這種恐怖的事。你可能從未見過暴斃的場面吧？」

蘿達的雙腳不安地在地上磨蹭了一下。

「哦。」安妮說。

「我們還是回到正題上來吧。你能告訴我，對那個房間你記得些什麼嗎？」

安妮疑惑地瞪著他：「你的意思是——」

「你懂的，桌子椅子，壁紙，窗簾，裝飾品以及撥火工具……諸如此類的東西，這些你都看過的，能描述一下嗎？」

安妮愁眉苦臉地想了一下說：「我懂你的意思了。試試看吧，我不確定我還記得。壁紙的花色我說不出來。我想牆壁是上了油漆的吧。地上鋪著地毯，房間裡還放著一架鋼琴。」她搖了一下頭說：「我恐怕說不出更多了。」

「小姐，你沒試呀，你一定記得某件物品。比方說，某個裝飾物或者小玩意。」

「有個埃及珠寶盒——」安妮慢慢地說：「就放在窗邊的桌子上。」

「對，正好和放小匕首的那張桌子在相反方向。」

「我不知道哪張桌子放著匕首。」安妮看著他說。

「我才沒那麼笨。」白羅暗自思忖道，「你也太小看赫丘勒．白羅了。要是你再了解我一點就會知道，我從來不會布下這麼明顯的陷阱。」

「你說你看見一個埃及珠寶盒？」他大聲說。

「是的，」梅雷迪小姐的情緒高漲起來。「有些珠寶很漂亮，紅的藍的，琺瑯的。有幾顆的形狀像甲殼蟲，我不喜歡那種樣子的。還有一兩個可愛的戒指。」

「謝塔納是個偉大的收藏家。」白羅說。

「我也是這麼認為。」安妮同意他的看法。「房間裡的東西又多又雜，真不知道從哪兒看起。」

「沒什麼特別引起你注意的？」
「我只注意到一瓶菊花，早該換水了。」安妮一笑說。
「啊，是的，傭人總是不太注意這方面的事。」
白羅沉默了一兩分鐘。
「真抱歉，恐怕我沒有留意……」安妮惴惴不安地說，「沒有留意到你希望我留意的東西。」
白羅微笑地安慰她。「沒關係，我的孩子，這確實是有點強人所難。咦，你最近有沒有見過德斯派少校？」
他看見她臉上泛出淺淺的紅暈。她羞怯地說：「他說他很快就會再來看我們。」
蘿達衝口而出：「他沒有殺死謝塔納！真的，安妮和我都相信這一點。」
白羅對她們眨了眨眼睛。
「太幸運了！能得到兩位漂亮小姐的信任。」
「噢，老天！」蘿達暗地想，「瞧這老頭兒的法國味，真讓人受不了。」
蘿達站起身，假裝端詳牆上的幾張蝕刻版畫。
「這些畫真漂亮。」她說。
「是還不錯。」白羅回答。
他看著安妮，似乎有點難於啟齒。

「梅雷迪小姐，」他終於說，「我想請你幫個忙，噢，和命案沒關係，是我個人的一點小事。」

安妮有點吃驚地看著他，白羅有些尷尬地趕緊解釋道：「是這樣的，你知道，聖誕節快到了，我得送禮物給很多侄兒侄女。可是，如今要給小姐們買禮物可真是件難事，我的品味已經過時了。」

「哦？那我又能幫你什麼呢？」安妮友好地問。

「我買了幾雙長筒襪，不知時下小姐們喜不喜歡這種禮物？」

「喜歡，怎麼會不喜歡呢？這是很不錯的禮物了。」

「你這麼說我就放心了。你看，我買了一些不同顏色的長絲襪，十五、六雙吧，我想借你的眼光挑出六雙你覺得最受歡迎的。」

「這沒問題。」安妮笑著站起來。

白羅把她領到側廳的一張桌子跟前，桌子上亂七八糟地放著許多東西——她不知道赫丘勒·白羅一向以整潔有序著稱——毛皮鑲邊的手套、一盒盒棒棒糖、幾本桌曆，還有一大堆長絲襪。

「我預備提前把禮物寄出去。」白羅說，「都在這兒了，請你幫我挑出六雙來。」

他轉身攔住跟進來的蘿達。「至於道斯小姐呢，我帶你去看樣東西，我想梅雷迪小姐不會感興趣的。」

「什麼東西？」蘿達好奇地問。

「一把刀子，」白羅壓低嗓門說，「曾經有十二個人用它殺死一個男人。國際鐵路臥車公司把它送給我當作紀念。」

「噢，太嚇人了。」安妮叫起來。

「真的嗎？給我看看。」蘿達說。

白羅帶著她朝另一個房間走去，邊走邊對她說：「他們把它送給我，是因為……」

三分鐘後，他們回來了。安妮迎上去說：「白羅先生，我認為這六雙最合適。這兩雙有暮色的朦朧感，淺色的這種，在夏天傍晚天光還亮時穿會更增魅力。」

「謝謝，小姐。」

他請她們再喝點黑莓汁，她們婉言謝絕。他把她們送至門口，邊走邊談，氣氛很融洽。

當她們終於離去後，白羅回到房間，整理亂糟糟的桌子，那些襪子仍然隨意地堆放在桌上。白羅加上那六雙，數了一下。

他一共買了十九雙，現在只剩十七雙。

他慢慢地點了點頭。

24 三個人解除嫌疑？

巴鬥主任一到倫敦就直奔白羅的住處，此時兩位小姐已經離開一個多小時了。

他詳細講述了自己在德文郡的調查結果：「我們的方向是對的。現在可以肯定謝塔納所謂『日常生活中的意外』，指的是什麼了。不過我還沒有搞清楚她的動機，她為什麼要殺死那個女人呢？」

「我想我能幫你解答這個問題。」

「是嗎，白羅先生？那太好了。」

「今天下午我做了一個小小的實驗，我請梅雷迪小姐和她的朋友來這兒。當然，我照例先問她對那個房間的印象。」

「你真堅持啊。」巴鬥主任好奇地說。

「這很管用，讓我了解不少事情。梅雷迪小姐很多疑，可以說是步步為營，凡事都要懷疑。於是赫丘勒・白羅順勢而行，他使出他的一個絕招。他設下一個看似外行的陷阱。當那位小姐提到珠寶盒時，我問她是不是放在房間另一頭的桌上，和放著匕首的那張桌子隔得很遠。她當然不會上當。她巧妙地避開了。哼，原來這老頭的目的是想騙她承認她知道匕首的所在，可被她識破了！她對自己大為滿意，戒心也就放鬆了。她以為擊敗了我，精神一振，便輕輕鬆鬆評價起盒子裡的珠寶。看來她還真仔細地瞧過它們。房間裡其他東西她都沒什麼印象，只注意到一瓶菊花該換水了。」

「這又能說明什麼呢？」巴鬥主任問。

「這可是意義重大哩。假設我們不了解這位女孩，她的話就可以幫助我們了解她的個性。她只注意到那瓶菊花──那她一定很喜歡花囉？其實不然，還有一缽早開的鬱金香，愛花的人應該一下子就會被它吸引，但是我們這位小姐對它隻字未提。不，她不愛花，她只是習慣於照料花兒。因為她是領薪水的侍伴，要負責給花兒換水。房間裡真正吸引她的其實是那盒珠寶。這至少透露了些什麼吧？」

「嗯，我有點明白你的意圖了。」

「正如那天一樣，我現在仍然要對你開誠布公，攤出底牌。那天你在講她的身世時，奧利薇夫人提供了一件讓人吃驚的事實，這給了我一個重大的啟發：就算本森夫人是死於蓄意謀殺，並且與這女孩有關，也一定不會是謀財害命，因為事後她還得繼續做別人的侍伴。那麼這到底是怎麼一回事？我惦量著梅雷迪小姐表面呈現出來的個性，她貧窮，生性怯懦，卻穿著講究，喜歡漂亮的東西。這種人一般不會殺人，但卻可能當小偷。記得我當時問你埃爾登夫人平日習慣如何，你說她生性疏忽又懶散。於是，我就假設這位女孩的人格有缺陷——會順手牽羊拿商店裡的東西。再假設這個沒錢卻很可愛的小姑娘，曾私自拿了雇主一兩樣東西。譬如胸針、項鍊、一兩枚銀幣、一串珠子。埃爾登夫人漫不經心的，她不會對別人產生懷疑，還以為是自己粗心大意把東西弄丟了。

「但是新雇主就不一樣了。本森夫人的心很細，她指責這位女孩是賊。這會不會就是你要找的動機呢？正如我那天晚上說的，梅雷迪小姐可能會因恐懼而殺人。她知道雇主有她行竊的證據，唯一能保住自己名譽的辦法，就是讓她永遠無法開口。於是她把兩個瓶子對調位置，本森夫人就這麼死了。做得巧妙極了，連本森夫人至死都以為是自己的錯，一點也沒懷疑是那個嚇壞的小女孩動了手腳。」

「有這種可能，」巴鬥主任說：「儘管只是一種推論，但有這種可能。」

「朋友，不只是有可能，是可能性極大。」白羅說，「在她識破假陷阱之後，我布下了一個真正的陷阱。要是我的假設正確，梅雷迪小姐絕對、絕對抗拒不了昂貴長筒絲襪的誘惑。我請她幫我挑選幾雙絲襪，假裝不知道總數是多少，然後離開房間，讓她一個人留在那兒——結果十九雙變成十七雙，有兩雙進了她的手提包。」

「唷，」巴鬥主任吹了一聲口哨，「她冒的險可不小哩。」

「Pas du tout[20]。她以為我在找什麼呢？殺人犯哪！那麼，偷走一兩雙絲襪又有什麼危險呢？反正我又不是在抓賊。還有一點就是：小偷和竊賊永遠相信自己能得手。」

巴鬥主任點點頭說：「這倒真是這麼回事。笨得難以置信，總是一犯再犯。好了，現在已經清楚，梅雷迪小姐偷竊被逮，就調換了兩個瓶子。我們知道她犯下謀殺案——但我才不信我們能證明呢。這已是第二起我們無法證明的謀殺案。羅伯茨逃過了，她也逃過了。現在是謝塔納的命案。這會不會是她幹的呢？」

他沉默了一兩分鐘，搖搖頭說：「這說不通，她不是個愛冒險的人。調換一下瓶子有可能，因為她知道沒人會盯住她不放，畢竟誰都可能做這事，雖然不一定會成功，本森夫人很可能還沒喝就發現了，也可能喝了卻又被救活過來。我把這類謀殺稱為希望型，成敗都有可能，只不過她確實成功了。但謝塔納的命案完全是另外一回事，這是經過考慮、沒有退路、孤注一擲的謀殺。」

白羅點點頭說：「我同意你的說法，這是兩種性質不同的謀殺。」

巴鬥主任揉了一下鼻子說：「如此一來，這女孩似乎可以被排除在凶嫌名單之外了。羅伯茨也沒問題。德斯派的事進展得如何？勒斯莫爾夫人那兒有什麼收穫？」

白羅對他講了前一天下午的妙事。

20 法語，意思是「一點也不」。

巴鬥主任咧嘴笑。「我見過這種女人，你根本沒辦法搞清楚她們所謂的回憶有多少是杜撰的。」

白羅又對他描述德斯派少校到他這兒來時氣呼呼的樣子，以及他所說的事。

「你相信他？」

「是的，我相信他說的是真話。」

巴鬥主任嘆了口氣說：「我也相信他不是那種會為奪人妻而拔刀相向的人。再怎麼說，還可以打官司離婚嘛。上離婚法庭的人多得是。他又不是專業人士，不會因為這種事毀掉前途的。不，我敢說謝塔納在這事上觸礁了，這第三樁謀殺案純粹是杜撰的。」

他看著白羅說：「那就只剩……」

「洛里默夫人。」白羅接過話頭。

電話鈴響了，白羅起身去接電話，說了幾句話之後停了下來，等一等，又回應幾句話後放下話筒，回到座位上，表情非常冷峻。

「洛里默夫人打來的，她要我上她那兒去——現在就去。」

兩人對望了一眼，巴鬥主任慢慢地搖搖頭說：「怎麼搞的？還是你預料到什麼了？」

「懷疑而已，」白羅說，「我只是覺得懷疑而已。」

「你最好去一趟，說不定最後你能查出真相。」

25 洛里默夫人的自白

天氣陰沉沉的，洛里默夫人的客廳裡光線很暗，讓人覺得壓抑，她本人臉色灰白，看上去比白羅上次來訪時衰許老多。

不過她仍然盡力保持著平時那種自信的微笑，走上前來迎接客人。

「白羅先生，感謝你立刻就趕來了，我知道你是個大忙人。」

「我隨時聽候你的吩咐，夫人。」白羅微微一鞠躬說。

洛里默夫人摁了一下壁爐邊的鈴。

「我讓他們端點茶來。不知道你感覺如何，不過，我總認為沒有緩衝的開場，就直截了當地談機密有點不合適。」

「你有機密對我說？」

這時她的女僕進來了，洛里默夫人對她吩咐了幾句，等她出去以後，才看著白羅，淡然地說：「你應該記得你上次來的時候曾經說過，如果我請你，你會再來。我想你一定料到了我今天請你來的理由吧？」

女僕端著茶進來了，洛里默夫人不再往下說，把話題轉到時下的一些軼事上。

白羅趁機問道：「聽說那天你和梅雷迪小姐一起喝午茶？」

「是的，你最近見到她了？」

「嗯，今天下午。」

「她還在倫敦？要不就是你到沃靈福德去了？」

「她和她的朋友為了表示友好，到倫敦來看我。」

「她的朋友？唔，我沒見過。」

白羅嘴角一咧，笑著說：「這樁命案倒著實培養出一些友誼，你和梅雷迪小姐一起喝過午茶，德斯派少校更是和她已經快成了熟人，恐怕只有羅伯茨醫生和其他人沒有來往。」

「前些天我在牌桌上遇到他，」洛里默夫人說，「還是那麼高高興興的。」

「還是那麼喜歡打牌？」

「看來是吧。叫牌仍然高得離譜，不過又常常僥倖得手。」沉默了一下，她問：「你最近見過巴門主任嗎？」

「他也是今天下午到我那兒去的，你打電話時他就在我旁邊。」

洛里默夫人抬起一隻手，罩住照在臉上的火光。

「他進行得怎麼樣了？」她問道。

白羅沉重地說：「進展不大，實際上他的速度太慢了，不過到底還是有了些眉目。」

「是嗎？」洛里默夫人雙唇輕輕一撇，不屑地說：「巴門主任對我可留神了。我想他一直追查到我的少女時代了。他找過我的朋友，又向我以前和現在的僕人打探，真不知他到底想問些什麼。我敢肯定他是一無所獲。其實他還不如接受我的說法，那才是真的哩。我和謝塔納不熟，我們是在盧克索認識的，點頭之交而已，他不能不顧這個事實。」

「也許是你誤會他了。」白羅說。

「那麼你呢？白羅先生，你沒調查過？」

「調查誰？你嗎？」

「恕我直言。」

白羅輕輕搖了搖頭說：「不，我沒有調查你，我認為那樣做毫無意義。」

「你這話是什麼意思？」

「坦白說吧，夫人，從一開始我就認為四個人中數你最精明，最冷靜，最有邏輯。要是打賭誰最能有條不紊地按計畫殺人，我一定將賭注下在你身上。」

洛里默夫人眉毛往上一揚，淡然地說：「對你的恭維，我該感到不勝榮幸嗎？」

白羅沒有在乎她的揶揄，繼續往下說：「成功的謀殺通常得預先設計好每個細節，一切可能的意外都要考慮進去，特別是時間要準確，地點要合適。羅伯茨醫生可能會因太自信、太粗率而栽跟頭。德斯派少校則會因過於深謀遠慮而坐失良機。梅雷迪小姐根本就不敢，她太膽小，會被嚇昏頭。但是夫人，這些弱點你都沒有，你頭腦清醒又很冷靜。我敢說一旦做了決定，你就不會再猶豫，你不是那種頭腦不清楚的女人。」

洛里默夫人沉默不語，嘴邊掛著一絲古怪的微笑。片刻之後，她說：「原來你心目中的我是這樣的人，白羅先生？我是個標準的謀殺犯？」

「至少你不會討厭這個說法吧？」

「我覺得很有趣，原來你認為只有我才能成功地謀殺謝塔納。」

「不，在這一點上我還有所保留。」

「是嗎？我很想聽聽你的高見。」

「也許你注意到了，我剛才說，要想謀殺成功，通常得設計好每一個細節。請注意『通常』二字，因為別種謀殺類型也可能成功。洛里默夫人，你可曾突然對一個人說：『朝那棵樹扔一塊石頭，看你能不能打中。』那個人不加思索地撿起一塊石頭就朝樹扔去，很有可能他就打中了。但是當他再扔第二次時就不那容易了，因為他開始思考『這樣行嗎？輕一點，稍微向左一點，不，向右。』頭一次是下意識的動作，身體像動物一般服從腦子的指揮。好吧，夫人，有一種犯罪就是這樣，出於一時衝動——天外飛來的一絲靈感，完全不加思索。謝塔納先生的謀殺案，就是這種情形——突然的需要，瞬間的靈感，迅速的行動。」他搖搖頭繼續往下說：「這就有悖你的性格了。你若要殺謝塔納，一定不會唐突行事。」

「我明白了。」洛里默夫人輕輕揮動手臂，揮開爐火燻在臉上的熱氣。「凶手是看見匕首後才萌生殺人念頭的，這不是預謀殺人，所以不會是我幹的。是這樣嗎，白羅先生？」

白羅欠欠身子說：「沒錯，夫人。」

「可是，」洛里默夫人朝前探了一下身子，揮動的手臂突然停了下來。「白羅先生，確實是我殺死了謝塔納……」

26 真相

房間裡靜悄悄的，時間彷彿停止了。洛里默夫人和白羅誰也不看誰，在暮色中愈來愈昏暗的光線裡，壁爐裡的火光看上去一閃一爍的，顯得特別耀眼。

良久，白羅的身子動了一下，他輕輕嘆了口氣。

「原來是這樣，我一直以為……夫人，你為什麼要殺他？」

「這還用問嗎？我想你知道為什麼。」

「因為他握有你的祕密？那是多年前發生的事？」

「是的。」

「那件事——牽扯到另外一個人的死亡嗎，夫人？」

洛里默夫人低下頭。

白羅溫和地說：「你為什麼要告訴我？你今天為什麼叫我來？」

「你曾經說過我遲早會這麼做。」

「是的，我曾經希望……不，我那時就知道，要打探你的事只有一個辦法，那就是你自己願意透露。確實，你不想說的事，誰也別想從你口中挖出來。你是不會洩底的。但我仍抱一線希望，也許你自己會願意說。」

洛里默夫人點點頭。

「你真聰明，早就看出來——我活得很累，很孤單。」她的聲音愈來愈小。

「原來是這樣。」白羅好奇地打量她，輕聲說，「是的，我能理解，你……」

「孤獨，非常的孤獨。別人是無法理解這個詞的含義的，除非他也像我這樣背負著深重的內疚活著。」

「夫人，要是我向你表示同情，你不會怪我無禮吧？」

她略微低下頭。

「哪裡會呢？謝謝你，白羅先生。」

他們又沉默下來。過了一會兒，白羅用輕鬆點的口氣問：「我明白了，夫人。你認為謝塔納在餐桌上的暗示是衝著你來的，是嗎？」

她點點頭說：「是的，我馬上就反應過來，他是要說給在座的某一個人聽，而那個人就是我。他說『女人的武器是毒藥』，這話是衝著我來的，他早就知道了。其實以前我就起過疑心。他還故意把話題扯到一樁著名的審判上，當時我感覺到他直盯著我，似乎已經洞悉一切。是的，那晚我相當肯定。」

「而且你也知道接下來他想幹什麼？」

洛里默夫人平靜地說：「巴門主任和你同時在場，絕非巧合。我想他要炫耀他的聰明，他要向你們兩人指出，他發現了一樁別人未曾疑心的謀殺案。」

「夫人，那你是什麼時候決心採取行動呢？」

「很難說，吃飯前我就注意到那把匕首了。回到客廳後，我把它拿起來，藏在袖子裡，我敢說誰都沒有看見。」

「夫人，我相信你的行動一定很敏捷。」

「我已經下定決心，所以只需要貫徹執行就可以了。當然免不了會有風險，但我認為值得一試。」

「你的冷靜和判斷力使你成功了。是的，我看是這樣。」

「我們開始玩牌。」洛里默夫人繼續往下說，語氣冷靜，一點也不激動。「機會來了，我當夢家。我若無其事地走到壁爐邊，謝塔納正昏昏沉沉地打著盹兒。我看看其他人，都在專心打牌。我彎下腰，豁出去了——」

她的聲音一下子好像有些顫抖，但是很快又恢復了平靜和冷漠。

「我假裝和他說話，以便以後能找到一個辯解的口實。我說我喜歡爐火，停了一下，假裝他回答以後又說：『我有同感，我也不喜歡電暖爐。』」

「他沒叫嚷？」

「沒有，最多是憋著氣哼了一聲，遠遠聽起來也許像是在說話。」

「後來呢？」

「後來我回到牌桌邊，他們正在打最後一盤。」

「你坐下來繼續打牌？」

「對。」

「依然興致勃勃，甚至兩天後還能對我講述每一輪叫的牌和打的牌？」

「對。」

「Epatant[21]！」白羅說。

他仰靠在椅背上，若有所思地點著頭，但過了一會兒，他不再點頭了，而是開始搖頭。

「夫人，還有一點我不明白。」

「嗯？」

「這我就有點不解了。你凡事三思而行，那天突然一時衝動，冒了極大的風險，你下了手——而且成功了。但是，現在還不到兩個星期，你卻又突然決定自己把真相抖出來。恕我

21 法語，意思是「了不起」。

直言，夫人，我覺得這不太說得過去。」

洛里默夫人的唇邊泛出一絲古怪的笑容。

「你這話有道理，白羅先生。不過有件事你不知道。梅雷迪小姐有沒有告訴過你，我和她是在哪兒見面的？」

「她好像說是在奧利薇夫人家附近。」

「是在奧利薇夫人家附近，不過確切地說，應該是在哈利大街[22]。」

「哦。」白羅仔細地看了她一眼，慢慢地說，「我有點明白了。」

「我想你會明白。我到哈利大街去找一位專家看病，他證實了我一直半信半疑的事。」

突然間她燦然一笑，一掃剛才沉重和苦澀的樣子，一下子變得很輕鬆。

「白羅先生，我打不了多久的牌啦。呃，醫生沒有多費口舌，他婉言暗示，說要是我非常當心的話，可能還會再活上幾年。但是我可不願步步留神，我不是那種人。」

「是的，是的，我開始明白了。」白羅說。

「這樣一來，事情就不一樣了。我能再活多久？一個月，兩個月？不會再久了。我從那位專家那兒出來後，就遇見了梅雷迪小姐，我請她和我一道喝午茶。」

她停了一下又繼續說道：「畢竟我還不是壞透了的女人。喝茶時我一直在想，我的行為不僅奪走了謝塔納的性命，而且還影響了另外三個人的生活。這些未曾傷害過我的人，卻因為我而受到懷疑，搞不好還真會有誰被冤枉。謝塔納的事已是無可挽回，但這一點我至少能挽救。我倒不特別為羅伯茨醫生和德斯派少校擔心，雖然他們的人生路絕對比我的長得多，但是他們是男人，再怎樣也能照顧好自己。而當我看著梅雷迪小姐時……」她頓了一下又說：「安妮．梅雷迪小姐還只是小女孩。她的人生還沒有開始，這事會毀了她……我不敢再往下想。白羅先生，我想到這些之後，你那天給我的暗示浮現了，我再也無法保持沉默，就打電話給你……」

幾分鐘過去，他們誰也不說話。

白羅朝前傾著身子，隔著漸漸加深的暮色，他細細打量著洛里默夫人。她也靜靜地凝視他，一點兒也不緊張。

終於，白羅打破了沉默。

「洛里默夫人，你相信，不，你能確定是對我說實話吧？殺死謝塔納真的不是預謀？你真的沒有事先計畫？你去赴宴時真的沒有謀殺的打算？」

洛里默夫人還是凝視著他，一會兒之後，她果斷地搖搖頭說：「沒有。」

「事先沒有策畫過？」

「當然沒有。」

22 哈利大街（Harley Street）是倫敦有名的醫療街，許多名醫在此執業。

「那……那麼……呃，我敢斷言，你是在撒謊。」

「白羅先生，你真是有點忘形了。」洛里默夫人冷冰冰地拋出一句話來。

這矮個子一下子跳了起來，他在房間裡來回踱步，嘴裡不停嘀咕著。

突然，他停下來對洛里默夫人說：「請允許我……」

不等主人同意，他就走到開關那兒，扭開了電燈，然後又回來坐在椅子上，雙手置於膝頭，眼睛直視著女主人。

「問題是，赫丘勒．白羅會弄錯嗎？」他說。

「沒有人永遠不出錯。」

「我就從未出過錯，這一點連我自己都覺得奇怪。但是這一次好像還真是錯了，很可能是錯了。這讓我心煩意亂。洛里默夫人，你總該知道自己在說什麼吧？這是你的案子，而我卻比你更清楚你是怎樣殺人的。真是令人不可思議。」

「不僅令人不可思議，而且很荒唐。」洛里默夫人更加冷淡地說。

「那麼一定是我瘋了。哎呀呀，真是見鬼了。不，我沒有瘋，我是正確的，一定不會有錯。對，洛里默夫人，我願意相信是你殺死了謝塔納，但不可能是用你說的那種方式殺他，一個人不可能做出違反他本性的事。」

他一口氣說完後停了下來，洛里默夫人氣沖沖地吸了一口氣，她咬咬嘴唇，正準備開口就被白羅打斷了。

「要嘛是預謀殺人，要嘛就根本不是你殺的。」

洛里默夫人尖刻地說：「白羅先生，我看你真的是瘋了。既然我都承認殺人了，又何必在殺人的方式上編織謊言呢？這樣做有什麼意義？」

白羅又站起身，他在房裡繞了一圈，回到座位上時已經冷靜下來。他又變得溫文儒雅。

「你沒有殺謝塔納。」他平和地說，「我搞清楚了，一切我都明白了。哈利大街，可憐的安妮・梅雷迪小姐孤單單站在街對面——我彷彿看見多年前的另一個小女孩，她是那麼的孤獨無助。是的，我一切都明白了。只是有一點不明白，你為什麼如此肯定就是梅雷迪小姐殺的呢？」

「白羅先生，確實是我……」

「別再爭辯了，完全沒有用。夫人，告訴你，我全明白了。我甚至體會到你那天站在哈利大街上的心情。你不會為羅伯茨醫生頂罪——噢，不！你也不會為德斯派少校挺身而出。可是梅雷迪小姐不一樣。你同情她，是因為她做了當年你也做過的事。我猜你甚至不知道她的動機，但是你能確定她就是凶手，出事當晚巴鬥主任問及你的看法時，你其實就已經確定了。對，就是這樣，我完全弄明白了，沒有必要再騙我。你明白的，不是嗎？」

他停下來，等待對方的反應。洛里默夫人沉默著，他滿意地點了點頭。

「夫人，你很明智，這樣很好。」白羅說，「你替那女孩頂罪讓她脫身，這確實是令人敬佩的高貴行為。」

「你錯了，白羅先生。」洛里默夫人淡然地說，「我不是一個毫無汙點的女子。你知道嗎？多年前我殺死了自己的丈夫……」

房間裡一片沉寂。

片刻之後，白羅說道：「我明白了，這就是公理，唯一的公理。夫人，你很有邏輯頭腦，也很勇敢，你願意為當年的事引咎自懲。確實，謀殺就是謀殺，對象是誰都沒有差別。不過我還想再問一遍，你憑什麼這麼肯定？你怎麼知道就是梅雷迪小姐殺死了謝塔納？」

洛里默夫人深深地吸了口氣，在白羅的追問下，她的最後一道防線也被攻破了。她像小孩一樣簡單地回答道：「因為我看見了。」

27 目擊者

「哈哈哈……」

白羅忍不住大笑起來，他頭向後仰，高亢的法式笑聲迴盪在整個房間。

「對不起，夫人。」他揉揉眼睛，止住笑聲，對洛里默夫人說，「我實在是忍不住了。我們爭論，我們推斷，我們到處調查，我們探究心理學，但是我們自始至終沒有想到，這個案件有一位目擊者！好吧，夫人，請你說給我聽吧。」

「當時已經很晚了，那一盤梅雷迪小姐是夢家，她繞過去看搭檔的牌，又在房間裡走來走去的。那盤牌沒什麼意思，結論很明顯。我懶得費心去算牌。最後三輪的時候，我抬頭看向壁爐那邊，那時梅雷迪小姐正俯身對著謝塔納。我看到她的時候，她正準備直起身來，手還放在謝塔納的胸口上，這個姿勢令我感到驚訝。她飛快地朝我們這邊瞥了一眼，我看見她滿臉驚慌和恐懼。當然，那時候我不知道出了什麼事，只是不明白這女孩到底在幹什麼。後來——我明白了。」

白羅點點頭說：「她至今不知道你看見了。她不知道你知情？」

「可憐的孩子，」洛里默夫人說，「那麼年輕，那麼憂懼，在世上還有好長的路要走。我替她保密你覺得奇怪嗎？」

「不，我一點也不覺得奇怪。」

「何況我知道自己也……」她聳聳肩沒有說出下半句，接著又說，「我哪有資格指控別人呢？一切只能由警方去辦。」

「沒錯——但是今天你做得過頭了吧？」

洛里默夫人冷冰冰地說：「我向來不喜歡悲天憫人，但是人老了心還是會變軟。我可得告訴你，我並不常為憐憫心所驅使。」

「夫人，憐憫心不是靠得住的嚮導。沒錯，那名年輕女孩看起來是那麼的膽怯和脆弱，那麼的孤獨無助，實在讓人不得不憐憫。但是我卻沒有同感。夫人，要不要我告訴你，這位可憐的女孩殺死謝塔納，是因為他掌握了她的祕密，他知道她為了隱匿偷竊行為而殺死了女主人。」

「哦！」洛里默夫人顯得有些震驚，「是嗎，白羅先生？」

「我毫不懷疑。人人都以為她既溫順又可愛。不！夫人，小安妮小姐可是危險得很哩。一旦她的安全和舒適受到威脅，她就會不顧一切地發動攻擊，比誰都詭詐。安妮小姐不會只犯下兩件案子就收手的，她會愈來愈有自信……」

「噢，這太令人毛骨悚然了！」洛里默夫人尖聲說道。

白羅站起身來。

「想想我的話吧，夫人。好了，我該告辭了。」

洛里默夫人看起來沒那麼有自信了。不過她還是盡量保持原有的風度：

「必要的話，白羅先生，我可以完全否認今天的談話。記住，你沒有證人。沒錯，我是跟你說了我看見的事，但是——只有你知我知。」

「請放心，」白羅一本正經地說：「夫人。未經同意我是不會說出一個字的，再說我也有自己的辦法。現在我知道該怎麼去做了——」

他接過她的手，輕輕吻了一下。

「請允許我告訴你，夫人，你是一個了不起的女性。我要向你致以最高的敬意。是的，千裡挑一。你甚至沒有做千分之九百九十九的女人都忍不住會做的事。」

「什麼事？」

「你沒有對我解釋為什麼要殺死丈夫——也沒有為自己爭辯那是完全正當的行為。」

洛里默夫人定定神，漠然地說：「白羅先生，我為什麼這麼做，完全是我自己的事。」

「了不起！」

白羅說著，再次將她的手舉到唇邊吻了一下，然後告辭走出了洛里默夫人家。

外面很冷，白羅站在人行道上，來回打量著，希望能攔住一輛計程車，但是他一輛也看不見。

他開始朝國王大街方向走去，邊走邊想，不時點點頭又搖搖頭。

他偶然回頭，有個人正走上洛里默夫人家的台階，從身材上來看，好像是梅雷迪小姐。

他猶豫了一下，不知該不該轉身回去，最後還是決定繼續走自己的路。

白羅回到家的時候，巴鬥主任已經走了，沒有留下任何訊息。

他給他撥了個電話，那邊說的第一句話是問：「回來了，有收穫吧？」

「我認為有，朋友。我們得跟蹤梅雷迪小姐，而且要快。」

「我一直在盯著她。不過為什麼要快呢？」

「她很可能會惹出大麻煩。」

巴鬥主任沉默了一兩分鐘，然後說：「我懂你的意思了，只是目前沒人……噢，絕不能有僥倖心理。事實上我已經寫信給她了，正式的公文。我通知她，明天我要上她那兒去，我想讓她驚慌一下也好。」

「也許吧。我和你一起去怎麼樣？」

「那當然好囉。和你同行我深感榮幸。」

白羅掛上話筒，一臉沉思。

他心緒不寧，在壁爐邊坐了好久，自顧自地皺起眉頭，最後他決定將滿懷的疑惑和焦慮暫時擱在一邊，先睡一覺。

「明天再說吧。」他自言自語地說。

但是明天發生的事，他完全沒想到。

28 洛里默夫人自殺身亡

次日早晨，白羅正在用早餐，電話鈴響了，是巴鬥主任打來的。

「白羅先生嗎？」

「是的，發生什麼事了？」白羅問。

其實從對方的口氣中他已經明白出事了。昨天晚上那模糊的不安一下回到心頭。

「快一點，朋友，快告訴我出了什麼事。」

「是洛里默夫人。」

「洛里默夫人怎麼了？」

「昨天你究竟對她說了些什麼？還是她對你說了些什麼？你什麼也沒告訴我，你讓我以為該留神的只有梅雷迪小姐。」

白羅平靜問道：「到底出了什麼事了？」

「自殺。」

「洛里默夫人自殺了？」

「是的。她最近好像一直有點鬱鬱寡歡，有點反常。醫生給她開了一些安眠藥，昨天晚上她服用過量了。」

白羅深深地吸了口氣。

「不會是——意外吧？」

「絕不可能，她早就準備好的。她還給他們三個人寫了信。」

「哪三個人？」

「另外三個人呀——羅伯茨醫生、德斯派少校和梅雷迪小姐。直截了當，乾脆俐落，一點也不拐彎抹角。她在信中請他們務必理解，她的做法是解決所有麻煩的最佳捷徑。她承認是她殺死了謝塔納。她為連累他們三個人表示歉意，向他們道歉。整封信從頭至尾平平靜靜的，像是普通的商業信函。這個冷靜的女人，連訣別信都有條不紊。」

白羅有一兩分鐘沒有說話，心想：「那麼這就是她的遺書了。她決定庇護梅雷迪小姐。寧可短暫而無痛楚的自殺，也不想痛苦地拖下去。她最後的舉動完全是利他主義——她拯救了一位她暗暗同情的女孩。一切都是那麼井然有序，臨死還不忘對大家宣布她的自殺原因，好讓另外三個人擺脫嫌疑。偉大的女人！」白羅對她的敬佩之情油然而生。「這確實是她的作風，決斷明快，貫徹決定。」

他曾試圖說服她，但是她顯然更願意相信自己的判斷。真是個意志堅強的女人。巴鬥主任的聲音打斷了他的思緒。

「你昨天究竟對她說了些什麼？一定是你讓她害怕了，才會有現在這種結果。但按照你的意思，你去過洛里默夫人家後，懷疑的焦點不都集中在梅雷迪小姐身上嗎？」

白羅仍然沒有答話。洛里默夫人生前不能強迫他順從她的意志，死後反倒做到了。

他終於慢慢地說道：「我判斷失誤了……」

他不習慣說這種話，他討厭這幾個字。

「你弄錯了，呃？」巴鬥說，「她一定以為你是衝著她來的。讓她就這麼從我們的指縫中逃脫，真是太便宜她了。」

「你沒有證據指控她。」白羅說。

「是的，恐怕是這樣，也許這樣最好。你，呃，你沒料到會發生這事吧，白羅先生？」

白羅憤慨地否認了他的說法，接著又說：「詳情說給我聽吧。」

「羅伯茨醫生今天早上八點不到拆開了信。他一分鐘也沒耽誤，立刻驅車前去，並請女傭和我們聯繫，她照辦了。他到洛里默夫人家時發現她還沒起床，就直接衝到臥室，但是已經晚了。他試圖給她做人工呼吸，沒有奏效。一會兒以後，我們的分局法醫也趕到現場，他確定他的搶救程序無誤。」

「洛里默夫人服的是哪一種安眠藥？」

「我想是佛羅若，反正是巴比妥系列的安眠藥。她的床頭還放著一瓶。」

「另外兩個人呢？他們沒和你聯繫？」

「德斯派少校不在倫敦，他不可能收到今天早上的郵件。」

「梅雷迪小姐呢？」

「我剛給她打了電話。」

「是這樣嗎？」

「她在我打電話之前幾分鐘才收到信，那邊的郵件要晚一些到。」

「她的反應如何？」

「態度很正常，說了一些表示震驚和悲傷的話，掩飾著強烈的寬心感。」

白羅過了一會兒又問：「巴鬥主任，你現在在哪兒？」

「洛里默夫人家。」

「等著，我馬上過來。」

白羅到達切恩路洛里默夫人的住所時，羅伯茨醫生正準備離開。他發現醫生平日那種浮躁之氣收斂了許多。實際上他看起來臉色蒼白，身體還有點顫抖。

「白羅先生，這太讓人感到難過。當然，從我個人的立場來說，我得承認是鬆了口氣。不過說實話，這真有點兒讓人吃驚。我從未想過洛里默夫人會是凶手，真的，這太讓人感到意外了。」

「我也很吃驚。」白羅說。

「她是那麼安詳、有教養、有克制力的女人，很難想像她會做出這種暴戾的事情。不曉得她的動機是什麼呢？噢，這個我們永遠不會知道了。我承認我有點好奇。」

「這件事——一定讓你去除了心頭的負擔？」

「噢，的確，不承認未免太虛偽了。惹上殺人嫌疑總不是件愉快的事。不過，對這個可憐的婦人來說，這算得上是最好的結局了。」

「她一定也是這麼想。」

「我猜是良心不安。」羅伯茨點點頭說。他邊說邊走出洛里默夫人家。

白羅若有所思地搖了搖頭。羅伯茨醫生錯了，洛里默夫人不是因為內疚而自殺的。

上樓梯時，他停下來安慰了欷歔不已的老女傭。

「太可怕了，先生。真是太可怕了！我們是這麼喜歡她。昨天你們還安靜愉快地一塊兒喝茶，今天她就走了。我永遠忘不了這個早晨，有生之年絕對忘不了。我聽見那位先生摁門鈴，就趕緊去開門，但是他等不及已經摁了三次。他對我大聲吼道：『你的女主人呢？她在哪兒？』我嚇慌了，一句話也說不出來。你知道，平常女主人拉鈴之前，我們是從來不進去打擾她的，這是她的規定。我不知道該怎麼說，醫生不再搭理我，他邊問她的房間在哪兒，邊朝樓上跑去。我跟在他後面，把房間指給他看。他連門都不敲一下就衝進去了。他朝床上看一眼就說：『太遲了。』先生，她死了。不過醫生還是叫我去拿白蘭地和熱水，然後拚命搶救，卻救不醒她。接著警察就來了。真不……真是莽撞。洛里默夫人是不會喜歡的。這些警察幹嘛要上這兒來？這根本不關他們的事。真的，即使她服藥過量也不關他們的事。」

白羅沒有回答她的嘮叨，他問道：「昨天晚上你的女主人是不是一切如常？她有沒有顯得煩躁不安？」

「沒有，我認為沒有。她很疲倦，我想她很痛苦。她最近身體一直不好。」

「這個我知道。」白羅說，口氣中充滿了同情。

女傭接著說：「她從來不向人訴苦，先生，但是廚師和我都很擔心。她的活動量比以前小多了，而且很容易累。昨天你走了以後又來了一位小姐，我想她大概撐不住了。」

白羅已經一腳踏上樓梯，聽了這話又回過頭來問：「小姐？你是說昨天晚上有位小姐來過嗎？」

「是的，一位姓梅雷迪的小姐。你剛走她就來了。」

「她待的時間長嗎？」

「大概一個小時吧。」

白羅沉默了一下，問道：「後來呢？」

「女主人就上床睡覺了。她說她很累。」

白羅想了一下問道：「你知道她昨天晚上寫過信嗎？」

「你是說她上床後？我想沒有，先生。」

「但是你不太確定？」

「門廳桌子上是放著幾封等著寄出的信。寄出當天的信，是我們一天中最後處理的事。但我想它們是白天就放在那兒了。」

「一共有幾封？」

「兩三封吧，我不太清楚，我想是三封。」

「是你還是廚師把信寄出去的？注意到收信人的地址了嗎？別介意我提這個問題，這很重要。」

「是我寄的信。我看了一眼最上面的那一封，是寄給福特納姆—梅森商店的。另外兩封寄給誰我不知道。」

老女傭有問必答，態度很誠懇。

「你確定不超過三封？」

「是的，先生。我確定不超過三封。」

白羅神色凝重地點點頭。他再度踏上樓梯，然後問道：「你知道女主人有在服用安眠藥吧？」

「知道。是藍醫生給她開的藥。」

「她一般把它放在哪兒？」

「她房間的小櫃子裡。」

白羅沒再問別的問題。他朝樓上走去，面孔繃得緊緊的。

到了樓上，巴鬥主任和他打招呼，臉色憂心忡忡，看起來很沮喪。

「白羅先生，看見你來我真高興。我來為你介紹戴維森醫生。」

分局法醫走上前來和白羅握手。這是一個表情憂鬱的高個子。他對白羅說：

「真遺憾，早一兩個小時也許還有救。」

「哼，」巴鬥主任說，「我是不該這麼說——但我並不感到難過。她確實是個……是個貴婦人。我不知道她為什麼要殺害謝塔納，但她會不會打算以自殺來為自己開脫呢？」

「不管怎麼說，」白羅插嘴道，「她能不能活到受審都還是個問題。她病得很厲害。」

法醫同意地點點頭。

「你說得很對，她是病得很重。算了，這樣也許最好。」

法醫說完朝樓下走去。接著巴鬥主任也準備下樓。

「請等一下，醫生。」

白羅的手已經準備打開臥室的門了，又低聲問道：「我能進去嗎？」

巴鬥主任回過身來點點頭說：「沒問題，我們檢查完了。」

白羅走進房間，關上門。

他走到床邊，俯視死者平靜安詳的面孔，他的心裡很不是滋味。

她最終還是決定讓那位小姐脫離死亡和恥辱的威脅？還是有其他更合理的解釋？

有一些事情讓人……

突然，死者手臂上一個深色瘀點引起了他的注意，他彎下身子仔細看了看。當他直起身來時，他的雙眸像貓兒一樣炯炯發亮，熟識他的人都知道那代表什麼。

他很快離開房間走下樓去。巴鬥主任正和一個助手站在電話機旁，助手放下話筒說：「他還沒回來，先生。」

巴鬥主任對白羅說：「是德斯派少校。我一直在找他，這兒有一封他的信。」

白羅沒有搭理他的話，卻問了另外一個問題：「羅伯茨醫生來這兒時用過早餐沒有？」

巴鬥主任不解地看著他說：「沒有，我記得他說他沒用過早餐。」

「那他現在一定在家。我們打電話給他。」

「有事？」

白羅已經忙著撥號了。

「羅伯茨醫生嗎？是的，我是赫丘勒．白羅。我想問你一點事，你熟不熟悉洛里默夫人的筆跡？」

「洛里默夫人的筆跡？我——不，我以前沒見過她寫的字。」

「謝謝你。」

白羅飛快地放下話筒。

巴鬥主任還在盯著他看。

「你又有什麼大計畫了，白羅先生？」

白羅抓住他的手臂說：「聽著，老兄，昨天我剛從這兒離開，梅雷迪小姐就來了，我看見她走上台階。雖然當時我不太確定是她。梅雷迪小姐走後，洛里默夫人就上床睡覺了。就女傭所知，她上床前沒有寫信。而基於某些理由——等我敘述完我拜訪她的經過，你就會明白——我絕對不相信她在我來之前就寫好了那三封信。那麼，她是什麼時候寫的呢？」

「傭人們上床以後？」巴鬥主任提出一種可能性。

「有這種可能，但是還有另外一種可能——她壓根就沒寫過這些信。」

「哦！」巴鬥主任忍不住吹了一聲口哨。「我的天，你的意思是……」

電話鈴響了，旁邊的警官拿起話筒，聽了幾句話後，轉向巴鬥主任說：

「先生，奧康納警官從德斯派少校家打電話來，說德斯派少校很可能去沃靈福德了。」

白羅抓住巴鬥主任的手臂。

「快點，老兄，我們也得去。老實告訴你，我心裡很煩躁，搞不好事情還沒結束。我再說一遍，朋友，我覺得那位年輕的小姐是危險人物。」

29 意外？謀殺？

「安妮。」蘿達道。

「嗯？」

「別這樣嘛，安妮。不要一面玩字謎、一面心不在焉地回答我。我要你先停下來，專心聽我說。」

安妮放下紙張，挺直了身子。

「這還差不多。安妮，聽著，」蘿達猶豫地說，「我想和你談談那位即將來訪的人。」

「巴鬥主任？」

「是的。安妮，我想你還是應該告訴他，你曾在本森夫人家待過一段時間。」

安妮．梅雷迪小姐的聲音一下子變得冷冰冰的。

「荒唐。為什麼一定要告訴他？」

「因為──不告訴他，就好像你存心要隱瞞什麼。我覺得還是說出來比較好。」

「現在已經說不清楚了。」安妮冷冷地說。

「真希望你一開始就對他說了。」

「算了，操心這些已經太晚了。」

「好吧。」蘿達有點不情願地附和道。

「再說，」梅雷迪小姐略顯煩躁地說，「我看不出來為什麼非要把它扯出來，一點關係也沒有。」

「是的，當然沒有。」

「我在那兒只待了兩個月。他要調查的是那些能夠作為參考的經歷。這點時間算得了什麼呢？」

「對，看來我是有點糊塗了。不過我總有點擔心。我想最好你還是提一提，萬一他從別的地方知道就不妙了，他會誤會你是存心隱瞞。」

「別人怎麼會知道呢？除了你，誰也不知道我在本森夫人家做過事。」

「是的……沒有其他人知道。」

安妮．梅雷迪小姐察覺到蘿達語氣中的那絲猶豫。她急促地問道：「什麼意思，除了你還有誰知道？」

蘿達想了好一會，才說：「那裡的人都知道。」

「你是說這個啊。」安妮肩一聳地說，「巴鬥主任不可能碰到那裡的人。不然就太巧太巧了。」

「巧事有時也會發生的。」

「蘿達！你怎麼專講這些？真是庸人自擾，大驚小怪。」

「親愛的，真是對不起。你知道，要是警方認為你是——有所隱瞞就不太好了。」

「他們不會知道的。誰會對他們說這些？除了你，誰也不知道我在那兒待過。」

這是她第二次這麼說了。聽起來口氣稍有不同，怪怪的，好像在思索什麼。

「真的，安妮，真希望你一開始就說出來了。」

蘿達愁眉苦臉地說，她憂煩地看著她的朋友，後者卻把臉轉到一邊去，皺著眉頭，彷彿是在計畫些什麼。

「真好玩，突然冒出個德斯派少校。」蘿達說。

「什麼？噢，是的。」

「安妮，他可真是迷人哩。要是你對他無動於衷，請一定，一定要把他讓給我！」

「你這是扯到哪兒去了，蘿達。他又沒有把我放在心上。」

「那他為什麼常往這兒跑？明明是情有獨鍾嘛。你這麼漂亮，又這麼惹人憐愛，正是英雄喜歡搭救的佳人哩。」

「他對我們兩個是一視同仁。」

「那只能說是他天生待人友善。不過要是你真不接受他，我倒十分願意對他表示同情，我很樂意去安慰他那顆破碎的心。說不定還能得到他，誰知道呢？」蘿達不拐彎抹角地說。

「親愛的，我敢說他一定會喜歡你的。」安妮笑著揶揄道。

蘿達嘆了口氣說：「多麼迷人的身架子啊！肌肉那麼結實，被曬得紅通通的。」

「噢，親愛的，你非得這麼噁心不可嗎？」

「安妮，你喜歡他嗎？」

「喜歡，非常喜歡。」

「我們不是又正經又穩重嗎？我想他也有一點喜歡我，只是遠不如喜歡你那樣。」

「是嗎？他是真的喜歡你喔。」

安妮．梅雷迪小姐的口氣又有點異樣，只是蘿達沒有聽出來。蘿達問道：「我們的主任什麼時候來？」

「十二點。」安妮回答道。她沉默了一兩分鐘後說，「現在才十點半，我們到河邊走走怎麼樣？」

「德斯派少校不是說他十一點左右要來嗎？」

「我們不一定非得在家裡等他。我們可以給阿斯特衛太太留個口信，這樣他來了就知道沿著小徑去找我們。」

蘿達笑出聲說：「對，親愛的，老媽媽常說：可別降低了自己的身分囉。好，安妮，我們走。」

她走出房子，穿過花園的門，梅雷迪小姐跟在她後面。

§

大約十分鐘後，德斯派少校到了溫登別墅。他知道自己提早到了，所以他發現兩位小姐已經出門，不免有些吃驚。

他從花園出來，穿過田野，向右拐上小徑。

阿斯特衛太太正在收拾桌子，她停下手來，目送少校，自言自語地說：「他一定是看上其中一位小姐了。我想是梅雷迪小姐，不過也難說。表面上看來他對兩個人一樣友好。哦，我可不敢說她們兩個都愛上他了，果真如此，她們就不會再這麼親密了。說實話，這樣插在兩位小姐中間，真不像個紳士。」

有機會幫助剛萌芽的戀情成形，讓阿斯特衛太太很興奮，她轉身進屋去洗早餐碗盤。這時門鈴又響了。

「真討厭，」她嘀咕道，「一定是那些郵差，他們就喜歡這麼摁門鈴。可能是包裹，要不就是電報。」

她慢吞吞地走向前門。

兩個男人站在門口，一個矮個子外國人和一個高個子英國人。她記得她見過這個英國人。

「梅雷迪小姐在家嗎？」高個子問道。

阿斯特衛太太搖搖頭說：「不在，她剛出去。」

「真的嗎？朝哪條路走的？我們剛剛沒看見她。」

阿斯特衛太太暗地裡打量矮個子那十分漂亮的鬍鬚，斷定這兩個人不可能是朋友。

「她到河邊去了。」她回答道。

矮個子的男人突然插嘴問道：「另外那位小姐呢？蘿達．道斯小姐呢？」

「她們一起去的。」

「謝謝你。你能告訴我哪一條路通到河邊嗎？」巴鬥說。

阿斯特衛太太立即說：「先左拐，沿著那條巷子一直走下去。到了另一條小徑後朝右邊方向走，我聽她們說要到那邊去。」她好心地加上一句：「她們走了還不到一刻鐘，你們很快就能追上。」

阿斯特衛太太好奇地看著這兩個匆匆離去的男人，直到他們的背影消失後，才有點不情願地關上大門，嘀咕道：「這兩個人是誰呢？我可是怎麼也想不起來了。」

阿斯特衛太太回到水槽邊，白羅和巴鬥主任按照她所指示的路線朝前走著。

「白羅先生，你這是怎麼了？你好像非常焦急。」巴鬥主任跟在白羅身後快速走著，不解地問道。

「是的，我是感到十分不安。」

「有什麼特別的狀況嗎？」

「我也說不出來。」白羅搖搖頭說，「只是擔心會有某種可能。誰知道……」

「你有心事。一大早你就急著要趕來，一分鐘都不耽擱。路上又不停地催特納警官加足馬力！你到底在擔心什麼？那女孩已是走投無路了。」

白羅沒有說話。

「真的，你到底在怕什麼？」巴鬥主任追問道。

「在這種情況下，一個人通常會怕什麼？」

巴鬥主任點點頭說：「你這說得對，不知……」

「不知什麼，朋友？」

「不曉得梅雷迪小姐是否知道，她的朋友已經對奧利薇夫人講過那件事？」巴鬥主任慢慢地說。

白羅點頭同意他的顧慮。

「所以我們得快點。」

他們急促地沿著河岸走著，河面上靜悄悄地看不到一艘船。剛走到河流轉彎的地方，白羅猛然一下子站住，接著巴鬥的利眼也看見了。

「德斯派少校！」他說。

在他們前面大約兩百碼的地方，德斯派少校正沿著河岸大步朝前走。不遠處的河面上有一艘平底小船，蘿達在划船，安妮躺著對她大笑。兩個人都沒有朝岸邊看一眼。

接著——事情發生了。安妮朝蘿達伸過手去，蘿達沒站穩，一個踉蹌跌進河裡。她死命地抓著安妮的袖子，船身搖晃不已，接著一下子整個翻了，兩個女孩都在水裡掙扎。

巴鬥主任一邊朝她們跑去一邊嚷著：「看見沒有？梅雷迪小姐抓住她的腳踝往水裡扯。天哪！她這是第四次殺人了。」

他們兩個拚命往前跑，可是前面還有一個人。兩個女孩顯然都不會游泳。德斯派少校沿著河堤飛奔到離她們最近的地方。他跳入水中，朝她們游去。

「我的上帝，真有趣，」白羅抓住巴鬥主任的手臂。「他會先救哪一個？」

兩個女孩已經掙扎開了。兩人相距十二碼左右。

德斯派少校拚命向她們游去，他沒有猶豫，直接游到蘿達身邊。

巴鬥主任也從最近的地點跳下水去。這時德斯派少校已經把蘿達救上岸，他放下她後，又跳了下去，朝安妮沉落的地方游過去。

巴鬥主任叫道：「當心有水草。」

他們兩個同時抵達，但是安妮在他們游到之前，已經沉下去了。

他們終於把她打撈起來，合力拉上岸。

白羅正在照料蘿達。她現在可以坐起身來，只是呼吸還不均勻。

德斯派和巴門主任放下安妮。巴門主任說：「快，人工呼吸，只有這個辦法，不過恐怕來不及了。」

他開始給安妮做人工呼吸，白羅等在一邊準備換班。

德斯派上岸後，一下子倒在蘿達身邊。

「你沒事吧？」他的聲音聽起來有點嘶啞。

她慢慢地說：「你救了我，你救了我……」

她朝他伸過手去。就在他接住她手的那一剎那，淚水湧出了她的雙眼。

「蘿達……」

兩個人的手緊緊握在一塊。

他的腦海中湧現出一幅畫面——在非洲叢林中蘿達正放聲大笑，她陪伴著他，充滿了冒險精神。

30 真凶

「你的意思是說，安妮是故意把我推下河的？我知道看起來像是這樣子，而且她也知道我不會游泳。不過——她真的是故意的嗎？」蘿達懷疑地說。

「她是故意把你推下河的。」白羅回答。

此時他們正驅車行駛在倫敦郊外。

「可是，可是——為什麼呢？」蘿達問。

白羅沒有回答。他想他知道安妮這麼做的原因不只一個，而且其中一個原因此刻正坐蘿達身邊。

巴鬥主任清了一下嗓門：「蘿達．道斯小姐，你心裡得有所準備。本森夫人，就是梅雷迪小姐曾經在她家待過的那位夫人，她的死亡並不是意外。至少我們有理由這麼相信。」

「你這話是什麼意思？」蘿達問。

「我們相信是梅雷迪小姐調換了兩個瓶子。」

「噢，不！這太可怕了！這不可能！安妮？她幹嘛要這麼做？」

「她當然有她的理由。」巴鬥主任說，「重要的是，梅雷迪小姐知道，只有你才能提供我們這件事的線索。我猜你還沒有對她說，你已經對奧利薇夫人提過了。」

蘿達慢慢地說：「我是沒有對她說，我怕她不高興。」

「沒錯，她會非常不高興。」巴鬥主任冷冷說，「她認為你是她唯一的威脅，於是她就決定——呃，決定除掉你。」

「除掉我？天哪，真殘酷！這不會是真的。」

「算了，別再追究這事了，反正她也死了。不過，道斯小姐，我實話實說，她不是你該交的朋友。」

汽車在一幢房子前面停了下來。

「這是白羅先生住的地方。」巴鬥主任說，「我們現在就去他家，好好地討論這事。」

在白羅先生家的客廳裡，奧利薇夫人站起身來迎接他們。她正陪著羅伯茨醫生，兩人在啜飲著雪利酒。奧利薇夫人今天戴著一頂簇新的賽馬帽，天鵝絨的洋裝，胸部別著一個蝴蝶結，上面擺了一個蘋果核。

「請進，請進。」她殷勤地和大家打招呼，好像主人是她而不是白羅似的。

「我一接到你們的電話，就立刻通知羅伯茨醫生一起到這兒來。他的病人都奄奄一息了，他也不管。但願他們現在都沒事。說真的，我們太想聽聽全部的經過。」

「是的，我完全被搞糊塗了。」羅伯茨醫生說。

「是呀。」白羅說，「這事總算是結束了，終於找到了殺死謝塔納的凶手。」

「奧利薇夫人就是這樣告訴我。原來是可人兒安妮．梅雷迪小姐。簡真令人難以相信，真的，太出人意料了。」羅伯茨醫生說。

「她確實是凶手。」巴鬥主任說，「她的帳上記著三條人命，還好第四個人僥倖脫險。」

「真是不可思議。」羅伯茨嘀咕道。

「我倒不感到吃驚。」奧利薇夫人說，「看來最不像的人，往往就是那個人。這一點在現實生活和小說中都是一樣的。」

「今天的狀況真有點讓人應接不暇。」羅伯茨醫生說，「先是洛里默夫人的信。我猜這些信都是假的，呃？」

「是的，三封都是假的。」

「她也給自己寫了一封？」

「自然囉，偽造得很像。當然，還是騙不了專家。不過好像已經用不著再請專家了。一切證據都指向洛里默夫人不是自殺而是他殺！」

「白羅先生，我又糊塗了，」羅伯茨醫生說，「你憑什麼認定她不是自殺呢？」

「今天早上我和洛里默夫人的女傭談過話，她無意中給了我一些啟示。」白羅說。

「她說了梅雷迪小姐昨天晚上的拜訪？」

「這只是其中一件事。其實當時我心裡就已經明白誰是真正的凶手——也就是殺死謝塔納的人。那人不是洛里默夫人。」

「那你又是怎麼疑心到梅雷迪小姐身上去的？」

白羅舉起一隻手說：「等一下，讓我用自己的方式解答這個問題，也就是用消去法，我知道凶手不是洛里默夫人，也不是德斯派少校，說來奇怪，這個人也不是梅雷迪小姐……」

他的身子朝前一探，看著羅伯茨醫生，聲音突然變得柔柔的，像貓兒得到滿足時發出的嗚嗚聲。

「那麼會是誰呢，羅伯茨醫生？是的，你就是殺死謝塔納的凶手，而且你還殺死了洛里默夫人……」

至少有三分鐘的時間，房間裡鴉雀無聲。突然，羅伯茨發出險惡的笑聲。

「白羅先生，你瘋了嗎？我當然沒殺謝塔納先生，而且我也不可能殺死洛里默夫人。」他轉過臉對蘇格蘭警場的代表說：「親愛的巴鬥主任，你同意我的說法嗎？」

「我想你還是聽聽白羅先生怎麼說吧。」

白羅繼續往下說：「說實話，雖然我知道殺謝塔納的凶手非你莫屬已經滿久了，但要證實卻不容易。不過洛里默夫人的命案就不同了。」他向前探身。「這事不需要我去調查，事情很簡單——因為我們有目擊者看見你下手。」

羅伯茨醫生靜下來，他看著白羅，雙眸閃閃發亮。他刺耳地尖叫道：「你胡扯，完全是胡說八道！」

「不，我沒冤枉你。今天一大早，你假裝十萬火急地衝進了洛里默夫人的房間，她因為前一晚吃了安眠藥，所以睡得很沉。你又裝模作樣地往床上看了一眼，就大聲嚷嚷她死了。你支開女傭，讓她去拿白蘭地和熱水。房間裡只剩下你一個人。接下來發生了什麼事呢？

「羅伯茨醫生，你大概沒有留意，有些擦玻璃的公司專門在清早工作。有一位帶著梯子的清潔工人，正好和你同時抵達洛里默夫人家。他將梯子靠在屋側開始做工。他最先開始擦洗的，就是洛里默夫人的房間。當他看見發生了什麼事，便立即退到另一扇窗子後面去，不過他還是看到了。他將親自告訴我們發生的事。」

白羅輕手輕腳地走到門邊，打開門叫道：「進來吧，史蒂芬。」

一個長相很笨的大個子紅髮男人走進來，手中拿著一頂帽子，上面印有「切爾西門窗清潔工協會」的字樣。史蒂芬的樣子很不自然，帽子拿在手中轉來轉去的。

「你在這房間見過哪個人嗎？」

史蒂芬逐一掃視房間裡的每一個人，忸忸怩怩地朝羅伯茨醫生點了一下頭。

「他。」他說。

「告訴我們你什麼時候看見他的？他當時在做什麼？」

「今天早上我給切恩路的一位夫人擦窗子。我八點鐘開始工作。當時這位夫人正睡在床上，好像是病了不舒服，頭在枕頭上轉來轉去的。這位先生一定是醫生，我看見他捲起她的袖子，給她打針，就在這個地方。」他在手臂上比了位置。「後來我看見她安靜地躺平了。我想我最好還是避開，就跳到另外一扇窗子後面。我沒做錯什麼吧？」

「你做得對極了。」白羅說。他平靜地對羅伯茨醫生說：「如何，羅伯茨醫生？」

「那是一種單純的……單純的恢復劑。」羅伯茨醫生結結巴巴地說，「我希望……我想能讓她起死回生。這有點可笑不是……」

白羅打斷了他的話。

「單純的恢復劑？N－甲基－環已基－巴比妥酸尿素。」他嘰哩咕嚕地唸出一串音節，又說：「一般簡稱為伊維潘。可以用作小手術的麻醉藥，大量注射則會使人瞬間失去知覺。要是服用了佛羅若或巴比妥系列的安眠藥後再使用，那就非常危險了。洛里默夫人的手臂上有一個瘀點，顯然是注射後留下的痕跡。我把這個情況提供給法醫，內政部一個身分不低於查爾斯．英弗里爵士的分析家，輕而易舉地就查出了這是什麼藥。」

巴鬥主任說：「甚至用不著加上謝塔納的命案，光這一件就足以讓你完蛋。當然啦，如果有必要，我們還可以進一步指控你謀殺了克拉多克先生——他太太大概也是你殺的。」

巴鬥主任一提到這兩個人，羅伯茨醫生就徹底沒轍了。

他身子朝後一仰，倒靠在椅子上。

「我投降，」他說，「你們逮住我了。我猜那天晚宴之前，狡猾的謝塔納就告訴你們了。

我還以為封住了他的嘴。」

「你該讚美的不是謝塔納，榮耀屬於我們這位白羅先生。」巴鬥主任說。

他走到門口，兩個警官走了進來。

巴鬥主任官腔十足地正式下達逮捕令。

羅伯茨被帶走了。門關上後，奧利薇夫人有點陶醉地說了一句不太正確的話：「我一直就堅持是他殺的。」

31 亮牌

白羅此時真是得意極了，每一張面孔都轉向他，充滿了等待和期望。

「你們讓我深感榮幸。」他笑容滿面地說，「我想你們也知道，我是十分樂意來上小小的一段演說。我是個囉嗦的小老頭。

「我認為這是我所遇見最有趣的案子之一。毫不知如何著手辦案。四個嫌疑犯中必然有一個是真凶。是誰呢？不知道。有任何證據嗎？實質上來說，沒有。沒有具體的線索，沒有指紋，沒有可供調查的文件，只有這四個人。

「唯一具體的線索是——橋牌計分表。

「你們可能還記得，一開始我就對那幾張記分表很感興趣。我認為它們能部分反映出記分者的性格特徵。但是還不止於此。計分表給了我一個有價值的暗示。第三盤超乎尋常的一千五百分，立刻引起我的注意。這個數字只代表一種情形：這盤有人叫大滿貫。

「現在讓我們來分析一下，如果有人決定在這麼不尋常的情況下犯案（也就是在橋牌遊戲進行中下手），那他顯然得冒兩個風險：第一，受害者可能叫出聲來；第二，就算受害者不叫，也難保某一個牌友不會湊巧在此緊張時刻抬起頭，目擊事件經過。

「對第一個風險他無法控制，這全憑運氣，但是對第二個就不同了。如果牌局平平淡淡，大家可能心不在焉，東張西望。但如果又緊張又刺激呢？橋牌中最扣人心弦的莫過於大滿貫了。叫牌的一方力保自己的墩數，而對手往往會賭倍並設法使他打不成，鏖戰中誰也無暇顧及其他，人人全神貫注。所以命案很可能就發生在這一盤。我決定盡我所能，查出這盤的細節。我立刻發現這一盤的夢家是羅伯茨醫生。我記住了這一點。接下來又從另外一個角度——心理學的角度來分析研究。四個嫌疑犯中，我認為洛里默夫人最有可能計畫並執行一件成功的謀殺案——但是我又看不出她會犯下這種臨時起意的案子。另一方面，那天晚上她的態度卻讓我不解。當時我想，這老太太要不就是凶手，要不就是知道誰是凶手。雖然，由心理學的角度來分析羅伯茨醫生、德斯派少校和梅雷迪小姐，他們也都有可能犯案，只是類型各自不同。

「我做了第二個試驗，我逐一請他們陳述房間裡的布置和陳設。由此，我得到了非常寶貴的資訊。我發現羅伯茨醫生是最可能注意到匕首的人，他是個天生的觀察者，各項雜物皆不放過——是我所謂觀察型的人。但問及打過的橋牌時，他卻幾乎毫無印象。我不要求他記得很多，不過全部忘記就頗顯蹊蹺了，這只能說明他整晚另懷鬼胎。你們看，這又指向了羅伯茨醫生。

「我發現洛里默夫人對橋牌的記憶實在太驚人了，我想以她這樣專注的情形，哪怕是身邊發生了命案，她也不會注意到。這位夫人給我一則寶貴的情報，她抱怨羅伯茨醫生第三盤時莫名奇妙地叫了一個大滿貫，而且是她的牌，不是他自己的牌，害得她窮於應付。

「第三項試驗——我和巴鬥主任都由此得到許多收穫——是去找出之前發生過的謀殺案，以便比對手法上的相似性。在此要說明的是，巴鬥主任、雷斯上校以及奧利薇夫人確實功不可沒。我和巴鬥主任討論過，他並不十分滿意，他認為早期的三樁命案與謝塔納的死並無雷同之處。其實不然。如果不看實際的手法，而由心理層面來加以分析，羅伯茨醫生之前的兩樁命案幾乎如出一轍。它們都是我所謂的『公開』謀殺案。醫生看過病人後洗手，這是無可非議的，他就利用這個機會，在受害人自己的洗手間裡，將病毒染在他的刮鬍刀上。謀殺克拉多克夫人則是利用給她打預防針的機會。兩樁命案都是公開進行——可說是在世人眼前犯案。對付謝塔納時也一樣，暗中做好準備，伺機猛然一撲，純粹是孤注一擲的冒險——完全和他打橋牌一樣。羅伯茨玩什麼都一樣，風險很大，玩得很漂亮。出擊的姿勢很完美，時機也瞧得很準確。

「就在我已經確認羅伯茨是凶手時，洛里默夫人突然把我叫去。她自稱凶手就是她，我差點就被她唬住了，有那麼一兩分鐘的時間我真的相信了，但是隨即我的灰色腦細胞起了作用，不可能！絕對不可能！

「後來她說的話就更玄了。她說她確實看見梅雷迪小姐做案。

「直到今天早上，我站在已經死去的老婦人床邊，我才明白我還是對的，她說的也不是假話。

「安妮．梅雷迪小姐走到壁爐邊時，看見謝塔納已經死了！她彎下腰去看——說不定還忍不住伸手摸了匕首柄上那晶亮的寶石呢。她張大嘴巴正要叫出聲來，又一下子忍住了。她想起了謝塔納在晚宴上說的那些話，萬一他保留著什麼證據呢？她有動機希望他死掉，大家都會懷疑是她殺的。她不敢叫，惶恐不安地回到座位上。

「洛里默夫人說的是真話，因為她以為自己確實看見了。我也是對的，因為她看錯了。

「如果羅伯茨就此收手，我懷疑我們能否讓他俯首認罪。當然如果我們虛張聲勢，再配合其他設計，是有可能辦到，我無論如何也要試一試。但是他慌了，他又叫出了更高的牌。這次他倒楣了，他輸了，輸得很慘。

「毫無疑問，他惶惑不安。他知道巴鬥主任在到處打探、到處活動，他感到前景難料，也許會陰差陽錯地翻出過去的舊帳。於是他想出了一個絕妙的主意：何不讓洛里默夫人來當替罪羔羊？他是個有經驗的醫生，一眼就看出這位老婦人已是病入膏肓，活不了多久啦。深感絕望的老婦人提前了結，死前懺悔自己的罪行，多麼自然的事啊！於是他設法弄到洛里默夫人的筆跡，偽造了三份『遺書』。今天一大早衝到洛里默夫人家，謊稱剛剛收到遺書立刻趕來，事先沒忘了吩咐女傭打電話報警。一切都按部就班進行著，他要做的只是下手而已。

他順利得手，當警方趕到時，一切都結束了。他告訴法醫，他做人工呼吸無效。他說得那麼令人信服，那麼坦率。

「他沒有想到嫁禍給安妮・梅雷迪小姐，因為他根本不知道她昨晚去過洛里默夫人家。他只想弄出自殺的假象。

「我問他是否認識老婦人的筆跡，對他來說，這是個可怕的問題，這意味著我們對這三封信的真偽產生了懷疑。他斷然否認見過她的筆跡，以求自保。他的腦筋動得很快，但卻又不夠快。

「我從沃靈福德打電話給奧利薇夫人；她通知他，讓他消除了疑慮，把他帶到這兒來。正當他暗自慶幸雖然和他的計畫有點出入，但總算是發展順利的時候，打擊來了，赫丘勒・白羅猛然出招！這個賭徒沒把戲可玩了，只得棄牌認輸。劇終。」

房間裡靜悄悄的。

蘿達噓了一口氣，輕聲說道：「運氣真好，擦窗子的工人正好看見了。」

「運氣？不，小姐，不是運氣，是赫丘勒・白羅的灰色腦細胞。對了，你提醒我了。」白羅說著朝門邊走去。「進來，請進來。小夥子，你真是 à merveille[23]。」

他和剛才那位「清潔工」一起進來，小夥子手中拿著一頂紅色假髮，樣子完全變了。

「讓我介紹一下，」白羅說，「這位是我的朋友，傑拉德・海明威先生。一個前途無量的演員。」

「那麼，」蘿達嚷道，「根本就沒有擦窗子的清潔工？根本沒人看見他做案？」

「我看見了。」白羅說，「用心看，有時比用眼看還更清楚。只消身子往後一靠，閉上眼睛……」

德斯派少校怡然調侃道：「蘿達，我們捅他一刀，看看他的鬼魂會不會回來找出是誰幹的！」

23 法語，意思是「太出色了」。

專文推薦

藏在日常細節中的冒險

楊照（作家）

一開始，就都在那裡了。

一九二〇年，阿嘉莎．克莉絲蒂出版了《史岱爾莊謀殺案》，神探白羅就已經退休了。而且在這個案子裡，藉由敘述者海斯汀的轉述，就鋪陳出克莉絲蒂小說最基本的偵探原則：

「那些看來或許無關緊要的小細節……它們才是重要的關鍵，它們才是偉大的線索！」

「豐富的想像力就像洪水一樣，既能載舟亦能覆舟，而且，最簡單直接的解釋，往往就是最可能的答案。」

「沒有任何謀殺行為是沒有動機的。」

還有，一個不討人喜歡的死者，一群各有理由不喜歡死者、因而也就都有殺人動機的人，這些人彼此之間構成複雜的關係，有的互相仇視，有的互相愛戀，麻煩的是，有些愛人其實貌合神離，有些仇人其實私下愛慕；更麻煩的是，不論是愛或是仇，都有可能是扮演出來的。

一個外來的偵探必須周旋在這些嫌疑者之間，從他們口中獲取對於案情的了解，換句話說，他必須在很短的時間內，搞清楚誰是誰、誰跟誰吵架、誰跟誰偷情，然後判斷誰說的哪一句是實話、哪一句是謊言。常常謊言比實話對於破案更有幫助。

再偷偷透露一下，如果要和小說裡的凶手及小說背後的作者鬥智，就像克莉絲蒂對英國社會的了解，祕訣就在於要去追究小說裡的人物背景，尤其是他們的階級地位。基本上，階級地位愈高、權力愈大、愈有錢者，說的話就愈不要相信。例如在《史岱爾莊謀殺案》中，僕人、園丁說的話遠比有頭有臉的人說的要可信多了。就算要說謊，他們的謊言也比較天真，而且往往出於善良動機。當你歸納線索時，就會知道他們並非故意說謊，那是因為他們的認知受到蒙蔽或誤導，而你慢慢就從這蒙蔽或誤導中被引導到真相。

《史岱爾莊謀殺案》出版那年，克莉絲蒂三十歲，但書稿其實早在五年前就寫好了，畢竟要找到有人願意出版一個看來再平凡不過的家庭主婦寫的小說，並不是那麼容易。

所有和克莉絲蒂接觸過的人，都對於她的「正常」留下深刻印象。她看起來就和她那個年紀的典型英國家庭主婦一樣，害羞、靦腆，只能在社交場合勉強跟人聊些瑣事話題，完全無法演講，甚至連只是站起來對眾賓客說幾句客套話，請大家一起舉杯，她都做不到。她不演講，也很少答應接受採訪，就算採訪到她也很難從她口中得到有趣的內容。她會講的，幾乎都是記者本來就知道、或者自己就可以想得出來的。

例如說白羅這個神探的來歷。克莉絲蒂回答：他應該是個外國人，這樣就能在英國日常生活中看出英國人自己看不出的線索。她自己碰過的外國人，只有第一次大戰剛爆發時到英國避難的比利時人。比利時警察怎麼能跑到英國來？那一定是因為他已經退休了。他有潔癖，所以對於現場會有特殊的直覺，馬上感受到不對勁的地方。一個有潔癖的人，好像應該長得矮小些才相稱，一個矮小有潔癖的人最適當的名字，就是希臘神話裡的大力士「赫丘勒斯（Hercules）」，製造出荒唐的對比趣味。那白羅這個姓是怎麼來的呢？克莉絲蒂很誠實地說：「我不記得了。」

一切都如此順理成章，一切都如此合邏輯，不是嗎？有記者問她怎麼看自己的舞台劇〈捕鼠器〉，創下了英國劇場、甚至全世界劇場連演最多場紀錄的名劇？克莉絲蒂的回答也還是中規中矩，合理合節：那是一齣小戲，在一個小劇院演出，成本很低，任何人想到了都可以帶家人或朋友去看，老少咸宜，並不恐怖，也不特別荒謬打鬧，可是又什麼都有一點，包括恐怖和荒謬打鬧的成分。

她的身上找不出一點傳奇、怪誕色彩，那她為什麼能在五十年間持續寫偵探小說，創造了那麼多謀殺，還創造了那麼多詭計？

首先因為她是女性，以及她的身世，包括她的階級身分，使得她在描寫故事場景時比一般男性作者來得敏感。因為在她之前的偵探推理小說男性作家的階級身分都是高高在上，基本上他們會從較高的角度看社會，比較看不到底層的感受。

而她的婚變以及婚變中遭逢的痛苦，都使她更能體會與觀察，將英國社會的複雜細節融入小說的核心情節，讓探案與線索分析結合在一起。

克莉絲蒂一生結過兩次婚，第一次在一九一四年，婚後不久，丈夫就參加了歐戰，是英國皇家空軍最早一批飛行員。一九二六年，這個丈夫有了外遇，直率地向克莉絲蒂要求離婚，在那之前，克莉絲蒂的媽媽才剛過世，雙重打擊之下，又遇到車子無法發動，克莉絲蒂崩潰了，她棄車而走，忘記了自己究竟是誰，躲進一家鄉間旅館，登記時寫了她心裡唯一有印象的名字——她丈夫情婦的名字。

離婚後，一次在晚宴中，有人提起近東烏爾考古的最新收穫，克莉絲蒂就取消了原定要去西印度群島的計畫，改訂了跨越歐洲到君士坦丁堡的「東方快車」，是的，就是這趟旅程給了她寫《東方快車謀殺案》的靈感。不過更重要的是，在烏爾，她認識了一位年輕的考古學家，比她小十四歲，這個人後來成了她的第二任丈夫。

這位考古學家陪她去參觀在沙漠中的烏克海迪爾城，卻在沙漠中迷路困陷了。幾小時中克莉絲蒂卻沒有一點驚慌不安，當下考古學家就決定要向她求婚。

原來，克莉絲蒂的內心是有這種冒險成分的。要不然她不會兩次選到的，都是喜愛冒險的丈夫，而她本身大概也不會吸引一個在各種危險情境下挖掘古代寶藏的人，讓他願意向一個大他十四歲的女人求婚。

這樣說吧，維多利亞時代後期的英國環境，壓抑限制了克莉絲蒂冒險、追求傳奇的內在衝動，她只好將這樣的衝動寄託在丈夫和寫作上。她一邊陪著第二任丈夫在近東漫走，一邊在小說中寫各式各樣的謀殺與探案。謀殺和探案都是冒險，還有，偵探偵查中做的事——蒐集線索，還原命案過程——其實和考古學家的考掘，如此相似！

克莉絲蒂寫得最好的，正是「藏在日常中的冒險」。她個性中的雙面成分，造就了特殊的偵探魅力。既嚮往非常傳奇，卻又有根深柢固的日常邏輯信念，兩者都在克莉絲蒂的小說中扮演了重要角色。她的謀殺案幾乎都和日常習慣緊密編織在一起，日常環境成了凶手最重要的掩護。有些日常規律明顯地被破壞了，讓我們很自然以為那會是謀殺的線索，沿著這些線索形成了閱讀中的推理猜測，然而白羅早就提醒了，真正重要的反而是那些「細節」，也就是看來像是依隨日常邏輯進行的事，或說藏在日常邏輯中因而不被看重的事，那裡要嘛藏著凶手的核心詭計、煙幕，要嘛藏著凶手致命的破綻。

凶案的構想，就是如何讓異常蓋上日常、正常的面貌，又如何故意將日常、正常予以扭曲，製造假象；那麼偵探要做的，就是如何準確地在日常中分辨出真正的異常，將假的、明顯的異常撥開來，找出細節堆疊起來的異常真相。

此外，克莉絲蒂的小說裡隱藏著極其曖昧的情感價值觀，最典型、最有名的就是《東方快車謀殺案》。透過追查過程，讓讀者知道為什麼凶手要訴諸於這種手段，其動機具有可同情之處，再加上克莉絲蒂對身分階級的觀察，她比較相信或讓讀者相信那些沒有權力、地位的人，隨著偵查節奏去認識可能或必須懷疑的人。克莉絲蒂最擅長營造「多重嫌疑犯」的小說特質，因為讀者在閱讀時必須被迫去認識很多不一樣的人。在她最受歡迎的作品，大概都具備這樣的特質。

當然，她的作品中還有兩個最突出的神探，即白羅和瑪波。白羅是比利時人，但為什麼必須是外國人？這是因為英國人具有高度階級意識，這種觀念一路滲透到所有互動細節，包括人與人之間如何說話。而白羅因為不是英國人，他會發現一般英國人不太看得出來的東西，以及兩個人互動的方法哪裡不正常。至於瑪波為什麼得是老太太？她一如那個年代的老人家，總是靜靜坐著打毛線，因為不起眼，自然讓人放鬆防備，所以瑪波探案的線索都是來自於這樣的互動模式。

然而，白羅有很明顯的優勢，瑪波的身分使她基本上只能進行「靜態」的辦案，案子的空間受到侷限，白羅卻可以跨越各種空間，恣意揮灑。而且白羅擁有警官身分，可以合理出現在各種犯罪現場，瑪波能出現的地方，相形之下就勉強、不自然多了。白羅是明白的outsider，在英國，只要他出現，就會覺得有外人在而感到緊張，於是很容易露出平常不會表現的行為；瑪波則看起來是 insider，但實質上是 outsider，因為總是沒人發現她、當她空氣人。這兩人的探案，是兩個極端。雖然讀者最愛白羅，但克莉絲蒂自己偏愛瑪波勝於白羅。

不管後來的偵探、推理小說發展了多少巧妙詭計，克莉絲蒂卻不會過時，因為她的推理如此密切地和日常纏繞在一起；活在日常中，我們就無可避免被克莉絲蒂的「日常細節推理」吸引，隨時讀來都充滿驚奇趣味。

名家盛讚克莉絲蒂（依推薦時間排序）

金庸（作家）

克莉絲蒂的寫作功力一流，內容寫實，邏輯性順暢，也很會運用語言的趣味。閱讀她的小說，在謎底沒有揭露之前，我會與作者鬥智，這種過程非常令人享受。其作品的高明之處在於：布局的巧妙完全意想不到，而謎底揭穿時又十分合理，讓人不得不信服。

詹宏志（作家、PChome 網路家庭董事長）

推理小說在從先輩柯南．道爾等人的發明中出現力量時，誕生了一位《天方夜譚》故事中每天說故事說個不停的王妃薛斐拉．柴德，也就是「謀殺天后」克莉絲蒂，整個世界對聽這些故事才有如此的熱情。他們捨不得睡覺，每天問後來還有嗎、還有嗎，永遠不肯離去，這就是克莉絲蒂對推理小說的最大貢獻。

可樂王（藝術家）

所謂「克莉絲蒂式」的推理小說，就是一場和一個天才的寫作者或高明的恐怖份子在紙上捕掠捉殺的戰事。即便是一列火車、一處飯店或一間酒吧，在克莉絲蒂寫來皆充滿神祕和猜謎。在人生適合的下午裡，我總是一面嚼著口香糖，一面跟著矮子偵探白羅穿梭謀殺現場，克莉絲蒂的推理作品無疑是推理世界中最充滿「魔術性」的小說。

吳若權（作家、節目主持人）

我從小就對推理小說情有獨鍾，克莉絲蒂一系列的作品尤其令我愛不釋手。多年來，閱讀推理小說的經驗讓我覺悟：讀者在文字情節中推展開來的驚嘆，不只是因緣於故事的本身，而是自我性格的投射。從這個觀點來看克莉絲蒂一系列的作品，她簡直就是洞徹人性的算命師。而讀者，在她的文字中，發現了自己無可奉告的命運。

藍祖蔚（國家電影及視聽文化中心董事長）

做過藥劑師，難免懂得毒藥；嫁給考古學家，難免也就嫻熟文明的神祕；再加上曾經失蹤九天，一切不復記憶的離奇經驗，的確提供了寫作靈感，但若少了想像力，那些片羽靈光縱使辛辣如辣椒，卻不足以成菜。

推理小說重布局、重人物描寫，克莉絲蒂最厲害的卻是犀利的人性觀察，她一手創造的白羅探長，潔癖個性完全和她相反，更將她所憎厭的人格特質集於一身，殊不知，唯有不對著鏡子寫作，才能夠跳出框架與制式反應，開闢無限寬廣的新世界，建構多面向的詭異迷宮。

看完她的小說，你只會更加訝異，到底是什麼樣的心靈才能成就這般視野？

李家同（作家、前暨南大學校長）

克莉絲蒂的整體布局十分細膩，最後案情也都講解得非常詳細，回頭去看，在書中都找得到線索。故事的情節與內容也很好看，不是像一個流氓在街上被殺掉那麼單調。……看小說應該要花腦筋、要思考，從小就要養成思辨的能力，看她的小說，就是對邏輯思考能力極佳的訓練。

袁瓊瓊（作家）

雖然被公認是冷靜理性的謀殺天后，但是在理性之下，克莉絲蒂的底色依舊是感情。克莉絲蒂很明白，所有的慾望之後，都無非是某種愛情。在以性命相搏的犯罪世界裡，凶手以終結他人的性命來遂私欲，不過是為了成全自己的愛，或者是成全自己的恨。

鄧惠文（精神科醫師）

以推理小說作家而言，克莉絲蒂的風格相當獨樹一格。她的偵探在辦案時，靠的不光是科學證據的搜集，而是大量運用犯罪心理學，及對人性的深刻了解。例如在《五隻小豬之歌》中，白羅便是藉由聽取嫌疑犯訴說案情時所不自覺顯露的主觀意識及中心思想，而看出其中破綻，找出真凶。白羅是靠腦袋辦案，以心理層面去剖析案情，即使人們敘述的是同一件事，他可以聽出不同角色因出發點及看待角度不同所透露的情緒觀感，從而抽絲剝繭，還原事實真相。

克莉絲蒂所塑造的人物也生動且各具特色，不同個性所出現的情緒反應描寫，皆細膩而準確，讓讀者產生豐富的想像空間，一展卷便欲罷而不能。

吳曉樂（作家）

克莉絲蒂使用的語言平易近人，主要是以角色與情節的對應來斧鑿出故事的深度，堆疊出讓讀者回味的迂迴空間。而她筆下的角色往往性別、階級、性格、族群各異，塑造出多元又豐富的人物群像。

文學作品不問類型，若要流傳於世，最終仍得上溯至「人性」的理解與反思。而阿嘉莎・克莉絲蒂的作品中，我們可以看到人類屢屢得和自己的人生討價還價，或千方百計讓主觀意識與客觀條件達成某種程度的整合，讀者在重建人物的心理軌跡時，也見識到自身的是非成敗，我認為，這也是克莉絲蒂的作品能夠璀璨經年、暢銷不衰的主因。

許皓宜（心理學作家）

克莉絲蒂筆下的故事看似在談人性的醜惡，實則像一位披著小說家靈魂的心靈引導者，用她的文字訴說著人們得不到「愛」時的痛苦。於是在故事終了的剎那，你不得不對人生多了幾分「看透感」：原來，我們心裡的那些痛苦、報復與自我折磨的慾望，不是因為「憤恨」，而是起於對「愛的失落」。這或許是我們在情感世界中最珍貴且深刻的一種覺察了。

推理小說荒謬驚悚嗎？不，它其實很寫實。它幫我們說出心裡的苦、怨、醜陋的慾望，於是，我們可以重新學習愛了。

一頁華爾滋 Kristin（影評人）

從有記憶以來，閱讀克莉絲蒂最迷人之處往往不在真正的凶手是誰，而是在於「Why」（為什麼）與「How」（如何進行），在於人性與心理描摹的故事肌理。依循其書寫脈絡，會發覺不只是邏輯清晰、布局縝密、著重細節，她總能完美掌握敘事節奏，書中人物彷彿真實存在般鮮明躍然紙上，讀者情緒會隨精準文字保持流轉、跳動、收放，掩卷時並無太多真相水落石出的暢快，反倒淡淡的惆悵化為餘韻襲上心頭，原來還是種種意料之外，卻屬情理之中的人性盲目使然。私以為，那成就了克莉絲蒂的推理故事之所以無比迷人的主因之一。

冬陽（推理評論人）

雖然阿嘉莎．克莉絲蒂的作品並非我的推理閱讀啟蒙，卻是養成閱讀不輟的重要推手。首先，她無庸置疑是個說故事能手，打開我名為好奇的開關；其次是設計犯罪事件的巧妙多元，既日常又異常，凶手更是叫人意想不到。沒錯，我相信每個當讀者的都忍不住想破案，想早偵探一步識破詭計，或者像考試結束鈴響前一秒，瞎猜都要指著某個角色大喊「你就是犯人」！然後會忍不住作弊——不是翻到最後幾頁窺探真凶身分，而是往前翻查讓人起疑的段落、偵探顯然掌握重要線索的時刻，直到忍不住豎白旗投降，看神探（我知道啦，真正把我要得團團轉的聰明人是作者）頭頭是道地分析我遺漏錯置的片片拼圖，終於看清真相全貌。這，就是偵探推理，我因此熟悉遊戲規則、沉醉在每一場迷人故事裡，成為這個類型書寫的俘虜，享受至今不疲的美好滋味。

石芳瑜（作家、永樂座書店主）

布局細膩、處處留下線索，破案解說詳細，說明了這位安靜、害羞的推理小說女王心思縝密，且充滿想像力。密室殺人，完美犯罪，《東方快車謀殺案》不愧為古典推理小說的經典。再加上神祕的東方色彩，隨著火車抵達的迫切時間感，連非推理小說迷都會神經拉緊，讀完大呼過癮。

家庭主婦缺少人生經驗？處女座的阿嘉莎．克莉絲蒂充分展現她過人的寫作天分，靠得是從小開始的閱讀，以及對偵探小說的著迷。三十歲寫下第一本偵探小說《史岱爾莊謀殺案》的克莉絲蒂，在那個時代並不能說是「早慧」，但寫作生涯五十五年中，共創作了八十部偵探小說，卻令人難以企及。這位害羞靦腆的小說女神，大概是相信只要有足夠的理由，每個人都有殺人的可能！

余小芳（暨南大學推理研究社指導老師、台灣推理作家協會常務理事）

學生時代加入推理社團，社課指定讀物便是經典作品《一個都不留》，成為我對克莉絲蒂的初步印象，自此沉浸於推理小說的世界。隔年寒假陪同學參與轉學考，在斜風細雨的走廊中，滿足讀完《東方快車謀殺案》。隨著歲月遠走，已昇華成趣味回憶。

踏入推理文學領域需要認識的作家，阿嘉莎．克莉絲蒂絕對名列其中，她的作品常有英國小鎮風光、莊園式的謀殺、設備豪華的交通工具等，還有特色鮮明的偵探活躍其中。書中少有血腥、暴力的橋段，布局巧妙且結構嚴密，手法純粹、知性，故事內容與人物性格融為一體，以高超的想像力結合說好故事的能耐，為推理小說開創新局面。克莉絲蒂推理全集重編改版，值得新舊讀者一起探索。

林怡辰（國小教師、教育部閱讀推手）

多年後，還是難忘第一次閱讀阿嘉莎．克莉絲蒂作品的感動和激動。

這套將近一世紀的作品，文筆流暢，邏輯縝密，過程中不斷與作者較量、猜出凶手，直到最後解答不禁佩服，蛛絲馬跡處處展現作者的精妙手法，於是又拿起另一部作品，再次沉溺在謀殺天后所編織的日常世界中的奇幻，無可自拔。犯罪動機和手法穿越時空限制，如今讀來合理且依舊令人感動，閱讀中趣味橫生，難怪成為後來諸多偵探小說的原型。

克莉絲蒂創作生涯中產出的八十部推理作品，至今多部躍上大銀幕，無怪乎被稱之為「經典」，喜愛推理偵探作品的人不可不讀，你會驚異於她在文字中施展的魔法！

張東君（推理評論家、科普作家）

我愛克莉絲蒂！這位在台灣有時會被稱為克奶奶的超級暢銷推理小說家，即使是自認沒讀過她的書的人，也都會在各種書籍或影視作品中看到對她致敬的片段。由於她喜歡旅行和冒險，那些經驗與體驗都成為書中的場景，因此閱讀她的作品時，不只是雀躍地跟著偵探推理，也有了虛擬的旅行體驗。或者當成旅遊導覽書，在出發去尼羅河、去英國鄉間、去搭船搭火車時，就塞一本克奶奶的作品到隨身背包中。

我還是大學新生時，就聽學姐說她哥哥經常看克奶奶的小說，而且邊看邊狂笑。於是我跟著效仿，在某次搭飛機之前買了第一本小說當旅伴，不只看得超開心，看完後還到處找尋書中出現的那種有兜帽的斗篷，當成出門時的必備用品。克奶奶的作品是跨越文字、國界的。只要看過一本，就會不停地追下去。還好，真的是還好只有八十本。何況這次是全新校訂的紀念珍藏版，當然不能錯過！

發光小魚（呂湘瑜）（文史作家、助理教授）

一部好的偵探小說，除了情節設計巧妙之外，還需要洞悉人性，如此方能合理地交代人物的言行舉止與動機。阿嘉莎．克莉絲蒂便是其中翹楚，她的作品不管是偵探、愛情小說或戲劇，必要元素都是謎題與人性。在寧靜無波的場景下暗潮洶湧，永遠都有意料之外，讀者的情緒也會隨著劇情的進行起伏糾結。克莉絲蒂觀察到時代的變化，將犯罪心理融入作品中，於是，看她的小說不只能得到解謎的快樂，同時對人性也能夠有所省思。

此外，克莉絲蒂豐富的人生歷練及旅行經歷，例如一九二二年的環球之旅、居住過也旅行過的巴黎和埃及，甚至是追隨考古學家丈夫前往的中東，都讓她的小說讀來更加充滿異國情調。如果你也愛旅行，不如就讓我們一同搭上那一班南法的藍色列車，或由伊斯坦堡出發的東方快車，跟著白羅鑽進一樁奇案，一嘗旅程中破解謎題的快感吧。

盧郁佳（作家）

國小時，家裡買了一套阿嘉莎．克莉絲蒂全集，從此成了我的毒品，在白癡課本將我的腦袋啃嚙成海綿般空洞時，撫慰受創的心靈，那時我仍對人心險惡一無所知。

數學課教你列算式，樂趣遠不如克莉絲蒂教你住宅平面圖、偷換時序的密室魔術，你從庭園長窗進房間，我從房門直通鄰房，他從走廊進房……從而學會故事是建構邏輯。她文風多變，時而《四大天王》中讓神探白羅向助手海斯汀大賣關子，眉頭緊皺，山雨欲來，預示天翻地覆，只能靠他拯救世界；時而用維吉尼亞．吳爾芙《自己的房間》中俏皮的語言，讓貧苦村姑安妮在《褐衣男子》中回憶南非出生入死的冒險，竟源於她耽讀村裡圖書館爛舊的冒險愛情小說，還有戲院每週末放映〈帕米拉歷險記〉，帕米拉每集從飛機跳落高空、搭潛艇、爬上摩天大樓，每次被黑幫老大抓到總不一刀斃命，卻老要用瓦斯毒死她，暗示續集又會逃出生天。

長大才發現，克莉絲蒂小說就是我的〈帕米拉歷險記〉：它以歌劇般輝煌龐大的天真陰謀、精細的人際觀察（一句話重音放在哪個字、從膝蓋鑑定女人的年齡等），召喚年輕讀者抱持浪漫精神投入未知的壯遊，瘋魔、衝撞、冒犯，傷痕累累毫無懼色。正如瓦斯在冒險片中太多、現實中卻太少；陰謀在現實中沒有克莉絲蒂寫得那麼複雜，但她刻畫的心理卻是現實中解謎的試金石。

賴以威（臺灣師範大學電機系副教授）

或許可以為經典下幾個定義：該領域的愛好者更都讀過；不是這個領域的愛好者，許多人也都聽過；影響後續的作品，在很多著作中都可以看到它的影子；值得反覆再三閱讀，每隔一陣子再讀都可以獲得閱讀的樂趣，有更多的體悟。我永遠記得第一次讀克莉絲蒂的作品時，被那宛如嚴謹設計數學謎題的鋪陳、推進給深深吸引、震撼。從這幾個角度來說，克莉絲蒂的推理小說被稱之為「經典」，可說是當之無愧。

謝哲青（作家、旅行家、知名節目主持人）

克莉絲蒂小說的魅力在於透過每個角色的對白，藉由不斷的說話來表現人物的個性，以彰顯其人格特質中一些無法被忽略的事實。我們從他們的言語、講話的過程和字裡行間，竟然就能知道誰是兇手。

我從克莉絲蒂的小說學到很多，除了推理小說有趣的事實之外，最重要的是，我在工作的職場跟人應對的時候，如何從語言和對話裡去捕捉某些隱而不顯的事實。許多人們欲蓋彌彰的東西，無論心事也好、祕密也好，克莉絲蒂都會用文學的手法，讓你理解語言的奧妙和魅力。

克莉絲蒂的書寫會讓你覺得彷彿自己也在現場，你可以從聽到的對話當中，學會如何理解人心的一些小技巧，這是小說家最出色、最偉大的地方。我們必須學習傾聽別人說話——這些人講話是真誠的嗎？他想要跟你分享什麼資訊？這些資訊可靠嗎？——這是我在閱讀推理小說時，最大的收穫和理解。

阿嘉莎・克莉絲蒂大事記

1890		• 九月十五日出生於英格蘭德文郡托基鎮。
1894	4 歲	• 開始在家自學，父母親、姊姊教導閱讀、寫作、算術和彈鋼琴。
1895	5 歲	• 家中經濟走下坡，舉家搬至法國，學會流利的法語。
1905	15 歲	• 在巴黎寄宿學校學鋼琴和聲樂，但生性極度害羞，未成為職業鋼琴家，最終回到英國。
1907	17 歲	• 陪同母親前往埃及調養身體，對社交活動充滿興趣，但尚未對日後感興趣的埃及古物點燃熱情。 • 回英國後繼續寫作、參與業餘戲劇表演。
1908	18 歲	• 寫出第一篇短篇小說〈麗人之屋〉，同時也寫出第一部愛情小說《白雪黃漠》，以筆名向出版社投稿，但屢遭退稿。
1912	22 歲	• 與英國皇家軍官亞契・克莉絲蒂（Archibald Christie）熱戀。 • 八月爆發第一次世界大戰，亞契奉派到法國作戰。
1914	24 歲	• 耶誕夜結婚，亞契隨即返回戰場。克莉絲蒂參與紅十字會工作，在醫院擔任護士和藥劑師，因此對藥理和毒物非常熟悉，造就後來多部推理小說情節都以毒藥殺人。
1916	26 歲	• 開始嘗試寫推理小說，寫出第一部小說《史岱爾莊謀殺案》，主角偵探赫丘勒・白羅的靈感，來自於大戰期間英國鄉間的比利時難民營。本書歷經數家出版社退稿後，終獲柏德雷・海德（The Bodley Head）圖書公司的出版機會，之後並簽下另五本小說的合約。
1919	29 歲	• 前一年亞契返回英國，八月生下女兒露莎琳。

1920	30歲	•出版《史岱爾莊謀殺案》。
1922	32歲	•出版第二部小說《隱身魔鬼》，主角是夫妻檔偵探湯米和陶品絲。 •與亞契至南非、澳洲、紐西蘭、夏威夷和加拿大等國旅行十個月，在南非得到《褐衣男子》的靈感。
1923	33歲	•三月出版第三部小說《高爾夫球場命案》，白羅再度登場。
1926	36歲	•四月母親過世，克莉絲蒂陷入憂鬱。 •六月在「威廉·柯林斯父子出版社」出版《羅傑艾克洛命案》。 •八月亞契因外遇提出離婚，十二月初一次爭吵後，克莉絲蒂離家棄車失蹤，消息登上全國新聞。
1927	37歲	•一月在悲痛心情中寫出《藍色列車之謎》，第一次創造出聖·瑪莉米德村，即後來瑪波小姐居住的村子。 •分居期間在雜誌刊登以白羅為主角的短篇小說，後來集結出版《四大天王》。 •十二月在雜誌刊登短篇小說〈週二夜間俱樂部〉，瑪波小姐初登場，後來收錄在一九三二年出版的短篇小說集《十三個難題》。
1928	38歲	•十月正式離婚，仍保留「克莉絲蒂」姓氏。 •秋天搭乘「東方快車」前往土耳其的伊斯坦堡，再轉往伊拉克首都巴格達，參觀考古現場烏爾，認識考古學家伍利夫婦（Leonard and Katharine Woolley）。
1930	40歲	•二月應伍利夫婦之邀再訪烏爾，認識考古學家麥克斯·馬龍（Max Mallowan），九月於英國愛丁堡結婚。這段婚姻開啟克莉絲蒂旺盛的創作生涯，兩人到中東考古現場的旅行為許多作品帶來靈感。

- 婚後克莉絲蒂開始維持固定的寫作行程。十月出版《牧師公館謀殺案》，是第一部以瑪波小姐為主角的小說。
- 出版第一部以「瑪麗・魏斯麥珂特」(Mary Westmacott)為筆名的《撒旦的情歌》，並陸續發表了五部非犯罪小說。

1932　**42 歲**
- 出版《危機四伏》。

1934　**44 歲**
- 出版《東方快車謀殺案》，是白羅海外辦案三部曲之一，故事靈感來自中東的旅行經歷。一九七四年第一次改編成電影大獲好評。

1936　**46 歲**
- 出版《美索不達米亞驚魂》，白羅海外辦案三部曲之二。

1937　**47 歲**
- 出版《尼羅河謀殺案》，白羅海外辦案三部曲之三，故事背景是年輕時與母親同遊的埃及。一九七八年第一次改編成電影大受歡迎。

1939　**49 歲**
- 二次大戰期間，克莉絲蒂在大學學院醫院擔任義務藥師，學習到最新的毒藥知識，對於推理小說寫作大有助益。
- 出版《一個都不留》，是克莉絲蒂最著名作品之一。

1941　**51 歲**
- 出版《密碼》，呈現出克莉絲蒂對戰爭的看法。
- 出版《豔陽下的謀殺案》。

1942　**52 歲**
- 出版《藏書室的陌生人》、《五隻小豬之歌》等名作。

1944　**54 歲**
- 以「瑪麗・魏斯麥珂特」為筆名出版第三部作品《幸福假面》，被美國書評人發現是克莉絲蒂的作品，讓她從此失去匿名創作的自在樂趣。

1950	60歲	• 獲選為皇家文學學會的會員。
1953	63歲	• 出版《葬禮變奏曲》。
1956	66歲	• 一月獲頒大英帝國爵級大十字勳章（GBE）。 • 十一月以「瑪麗．魏斯麥珂特」為筆名出版《愛的重量》，是這個筆名的最後一部作品。
1958	68歲	• 成為「偵探作家俱樂部」主席。
1960	70歲	• 馬龍獲頒大英帝國爵級大十字勳章。
1961	71歲	• 獲得艾克塞特大學頒發榮譽文學博士學位。
1968	78歲	• 馬龍獲封為爵士，克莉絲蒂亦被稱為馬龍爵士夫人。
1971	81歲	• 獲頒大英帝國爵級司令勳章（DBE），獲封為女爵士。
1973	83歲	• 出版最後一部創作《死亡暗道》，亦為湯米和陶品絲最後一次辦案。
1974	84歲	• 最後一次公開露面，出席電影《東方快車謀殺案》首映會。
1975	85歲	• 八月六日，白羅成為有史以來第一次在《紐約時報》頭版刊出訃聞的小說主角，宣傳九月即將出版的《謝幕》，這也是白羅最後一次辦案。
1976	86歲	• 一月十二日去世。 • 十月出版《死亡不長眠》，瑪波小姐的最後一次辦案。

克莉絲蒂推理原著出版年表

1920 史岱爾莊謀殺案 The Mysterious Affair at Styles（神探白羅系列）
1922 隱身魔鬼 The Secret Adversary（神探湯米＆陶品絲系列）
1923 高爾夫球場命案 The Murder on the Links（神探白羅系列）
1924 白羅出擊 Poirot Investigates（神探白羅系列）
1924 褐衣男子 The Man in the Brown Suit（神探雷斯上校系列）
1925 煙囪的祕密 The Secret of Chimneys（神探巴鬥主任系列）
1926 羅傑艾克洛命案 The Murder of Roger Ackroyd（神探白羅系列）
1927 四大天王 The Big Four（神探白羅系列）
1928 藍色列車之謎 The Mystery of the Blue Train（神探白羅系列）
1929 七鐘面 The Seven Dials Mystery（神探巴鬥主任系列）
1929 鴛鴦神探 Partners in Crime（神探湯米＆陶品絲系列）
1930 牧師公館謀殺案 The Murder at the Vicarage（神探瑪波系列）
1930 謎樣的鬼豔先生 The Mysterious Mr. Quin（神探鬼豔先生系列）
1931 西塔佛祕案 The Sittaford Mystery
1932 十三個難題 The Thirteen Problems（神探瑪波系列）
1932 危機四伏 Peril at End House（神探白羅系列）
1933 十三人的晚宴 Thirteen at Dinner（神探白羅系列）
1933 死亡之犬 The Hound of Death
1934 三幕悲劇 Three Act Tragedy（神探白羅系列）
1934 李斯特岱奇案 The Listerdale Mystery
1934 帕克潘調查簿 Parker Pyne Investigates（神探帕克潘系列）
1934 東方快車謀殺案 Murder on the Orient Express（神探白羅系列）
1934 為什麼不找伊文斯？ Why Didn't They Ask Evans?
1935 謀殺在雲端 Death in the Clouds（神探白羅系列）
1936 ABC 謀殺案 The A.B.C. Murders（神探白羅系列）
1936 底牌 Cards on the Table（神探白羅系列）
1936 美索不達米亞驚魂 Murder in Mesopotamia（神探白羅系列）

1937　巴石立花園街謀殺案 Murder in the Mews（神探白羅系列）
1937　尼羅河謀殺案 Death on the Nile（神探白羅系列）
1937　死無對證 Dumb Witness（神探白羅系列）
1938　白羅的聖誕假期 Hercule Poirot's Christmas（神探白羅系列）
1938　死亡約會 Appointment with Death（神探白羅系列）
1939　一個都不留 And Then There Were None
1939　殺人不難 Murder Is Easy/Easy to Kill（神探巴鬥主任系列）
1940　一，二，縫好鞋釦 One, Two, Buckle My Shoe（神探白羅系列）
1940　絲柏的哀歌 Sad Cypress（神探白羅系列）
1941　密碼 N Or M?（神探湯米＆陶品絲系列）
1941　豔陽下的謀殺案 Evil Under the Sun（神探白羅系列）
1942　五隻小豬之歌 Five Little Pigs（神探白羅系列）
1942　藏書室的陌生人 The Body in the Library（神探瑪波系列）
1943　幕後黑手 The Moving Finger（神探瑪波系列）
1944　本末倒置 Towards Zero（神探巴鬥主任系列）
1945　死亡終有時 Death Comes As the End
1945　魂縈舊恨 Remembered Death（神探雷斯上校系列）
1946　池邊的幻影 The Hollow（神探白羅系列）
1947　赫丘勒的十二道任務 The Labours of Hercules（神探白羅系列）
1948　順水推舟 Taken at the Flood（神探白羅系列）
1949　畸屋 Crooked House
1950　謀殺啟事 A Murder Is Announced（神探瑪波系列）
1951　巴格達風雲 They Came to Baghdad
1952　殺手魔術 They Do It with Mirrors（神探瑪波系列）
1952　麥金堤太太之死 Mrs. McGinty's Dead（神探白羅系列）
1953　黑麥滿口袋 A Pocket Full of Rye（神探瑪波系列）
1953　葬禮變奏曲 After the Funeral（神探白羅系列）

1954　未知的旅途 Destination Unknown
1955　國際學舍謀殺案 Hickory, Dickory, Dock（神探白羅系列）
1956　弄假成真 Dead Man's Folly（神探白羅系列）
1957　殺人一瞬間 4:50 from Paddington（神探瑪波系列）
1958　無辜者的試煉 Ordeal by Innocence
1959　鴿群裡的貓 Cat Among the Pigeons（神探白羅系列）
1960　哪個聖誕布丁？ The Adventure of the Christmas Pudding（神探白羅系列）
1961　白馬酒館 The Pale Horse
1962　破鏡謀殺案 The Mirror Crack'd from Side to Side（神探瑪波系列）
1963　怪鐘 The Clocks（神探白羅系列）
1964　加勒比海疑雲 A Caribbean Mystery（神探瑪波系列）
1965　柏翠門旅館 At Bertram's Hotel（神探瑪波系列）
1966　第三個單身女郎 Third Girl（神探白羅系列）
1967　無盡的夜 Endless Night
1968　顫刺的預兆 By the Pricking of My Thumbs（神探湯米＆陶品絲系列）
1969　萬聖節派對 Hallowe'en Party（神探白羅系列）
1970　法蘭克福機場怪客 Passengers to Frankfurt
1971　復仇女神 Nemesis（神探瑪波系列）
1972　問大象去吧！ Elephants Can Remember（神探白羅系列）
1973　死亡暗道 Postern of Fate（神探湯米＆陶品絲系列）
1974　白羅的初期探案 Poirot's Early Cases（神探白羅系列）
1975　謝幕 Curtain: Hercule Poirot's Last Case（神探白羅系列）
1976　死亡不長眠 Sleeping Murder（神探瑪波系列）
1979　瑪波小姐的完結篇 Miss Marple's Final Cases（神探瑪波系列）
1991　情牽波倫沙 Problem at Pollensa Bay
1997　殘光夜影 While the Light Lasts

國家圖書館出版品預行編目（CIP）資料

底牌 / 阿嘉莎・克莉絲蒂（Agatha Christie）
著 ; 沙輝譯. -- 三版. -- 臺北市 : 遠流出版事業
股份有限公司, 2022.06
面； 公分.
譯自 : Cards on the table.
ISBN 978-957-32-9536-5(平裝)

873.57 111005116

克莉絲蒂繁體中文版 20 週年紀念珍藏 04

底牌

作者 / 阿嘉莎・克莉絲蒂
譯者 / 沙輝

主編 / 陳懿文、余式恕 封面、內頁設計 / 謝佳穎
排版 / 連紫吟、曹任華 行銷企劃 / 舒意雯
出版一部總編輯暨總監 / 王明雪

發行人 / 王榮文
出版發行 / 遠流出版事業股份有限公司
地址 / 104005臺北市中山北路一段11號13樓
電話 / (02)2571-0297 傳真 / (02)2571-0197 郵撥 / 0189456-1
著作權顧問 / 蕭雄淋律師

2002年3月1日 初版一刷
2022年6月1日 三版一刷
定價 / 新臺幣380元 (缺頁或破損的書，請寄回更換)

ISBN 978-957-32-9536-5

遠流博識網 http://www.ylib.com E-mail: ylib@ylib.com
遠流粉絲團 https://www.facebook.com/ylibfans